W0201247

Né en 1956, Jean-Marie Gourio écrit pour différents journaux comme *Charlie Hebdo* et *Hara-Kiri,* dont il est rédacteur en chef adjoint. À la télévision, il est scénariste pour de célèbres émissions d'humour comme *Merci Bernard*, *Palace*, *Les Guignols de l'Info* et *Les Nuls*.

Publiées depuis 1987, ses *Brèves de comptoir* connaissent un grand succès et ont reçu deux fois le Grand Prix de l'humour noir. Elles sont adaptées au théâtre par Jean-Michel Ribes.

Jean-Marie Gourio

LES NOUVELLES BRÈVES DE COMPTOIR

Tome 2

Robert Laffont

TEXTE INTÉGRAL

ISBN 978-2-7578-1904-3
(ISBN 978-2-221-11360-8, 1re publication)

© Éditions Robert Laffont, S.A., Paris, 2009

Le Code de la propriété intellectuelle interdit les copies ou reproductions destinées à une utilisation collective. Toute représentation ou reproduction intégrale ou partielle faite par quelque procédé que ce soit, sans le consentement de l'auteur ou de ses ayants cause, est illicite et constitue une contrefaçon sanctionnée par les articles L. 335-2 et suivants du Code de la propriété intellectuelle.

Une longue, une brève. C'est le secret de tout langage : morse, cétacé, ordinateur et musique des sphères. De nombreux auteurs se complaisent dans la longueur, Gourio est un maître du bref. Il travaille à l'oreille, qui est le premier instrument de musique. (Nous avons deux oreilles et une seule bouche, disait à peu près Confucius, pour écouter deux fois plus que nous parlons.) Comme certain musicien célèbre passait ses journées allongé dans l'herbe pour noter le chant des oiseaux, Gourio se cache dans les tavernes. Il y entend la musique de l'humour primordial – ce mélange de poésie naturelle, de naïveté drolatique et de pied de nez à la logique des choses. C'est le chant de ces drôles d'oiseaux que sont les hommes quand ils se penchent sur les comptoirs, c'est-à-dire sur eux-mêmes. Merci Maestro !

Jacques A. Bertrand

Au temps, qui passe sur le comptoir.
Au comptoir, qui passe sur le temps.

PORTRAIT D'UN PERSONNAGE

« Doudou, pâtissier des mots ! »

L'amour des gens, l'amour des mots
Le goût du vin, le goût des choses

Le bar

Il était une fois. Un son. Sec. Quand le dé tombe sur son arête. Un clac. C. C'est un son qui a une forme. Les amoureux du comptoir le pressentent. Les joueurs de dés le devinent. Le V. Le W. Le Z. Ils entendent les dés. Les dés, quand ils roulent, glissent, s'entrechoquent, forment une sorte de phrase, sec, doux, sec, sec, doux, long, court, long, du morse.

Les musiciens y trouvent des lois. Les mathématiciens des courbes. Les sculpteurs des gestes. Les écrivains des personnages. La vie y trouve ses gens. Qui jouent aux dés, qui boivent, qui parlent, qui voyagent, les bateaux sont les dés, les verres et les mains. Ils ont la voile dans le vin. Doudou, capitaine de comptoir, va lancer les dés. Attention ! Avant, il va parler. Il dit :

– Ça n'est pas une science, c'est une religion !

Les autres, qui attendent, lui répondent :

– Mais tu nous fais chier, joue.

Et il éclate d'un rire tenu. Il pouffe. Ses yeux bleu pâle brillent.

Doudou aime les mots. Ce sont pour lui des bonbons. Il joue avec. Un môme. Il ne boit pas. Il s'humidifie la langue. Il ne mange pas. Il se sustente. Il va répondre – à cette question simple : « Tu bois quelque chose, Doudou ? » – par un adverbe qu'il mâchouille, qu'il cuisine. Il va se faire d'un mot banal un dessert, d'un adverbe une poire au vin, il compote, il déglace, il goûte, il sourit et dit :

– Volontiers.

– Et nous, on est de la merde ? lance Jack qui rigole en lui offrant du feu.

– Oubliez pas, les gars, qu'on a pas le droit de fumer dedans ! dit Valérie.

Ils prennent la piste, les verres, et vont s'installer dehors.

– Loi scélérate !

Doudou, qui fut pâtissier, est aujourd'hui pâtissier des mots !

Il ramasse les dés. Regarde la piste. Lance.

– Nénette !

On y est. Dans le cœur du dispositif. Les sons. Les mots. La vie des mots. La vie du dé. La vie. La pâtisserie et l'amour du comptoir.

Laviedudé, Leventduvin

D'un coup, la vie du dé au comptoir nous rapproche de monsieur Queneau. Les drôles de sonorités des mots ordinaires, la vie du dé devenant « Laviedudé ». Doudou et Laviedudé. Le son du dé. « Lesondudé ». Doudou entre en littérature par la porte de derrière et prend le métro avec Zazie. Il a son billet. Il est un poète de comptoir. Lui-même un court poème. Une musiquette à deux pattes. Une ritournelle à deux bras. Une pensée, cette fleur à larges pétales qui pousse dans la caboche. Doudou sait dire caboche. Caboche est un mot qui sonne bien, au comptoir. Qui sonne rare. Sale caboche ! Obsolète. Carnavalesque et concupiscent. Valétudinaire et cacochyme. Tous ces mots lui font un carnaval des saveurs. Cryptogame. Phacochère. L'orthographe de abhorrer ? pusillanime ? péronnelle ? sot-l'y-laisse ? Savez-vous d'où vient l'expression, à la croque au sel ? demande-t-il, à brûle-pourpoint. Cracovie. Crépinien. Cartophile. Il est un insecte de comptoir qui fait des drôles de sons avec ses mandibules, une bestiole étrange, il faut le voir, concentré, gourmand, qui stridule des mots savants et qui sirote. Il est une herbe aussi. Qui se balance au vent, quand il a plu des verres. Les métamorphoses sont nombreuses. Selon les angles. Les heures. Les lumières du jour et les néons de la nuit. Dans les éclats de voix. Ou bien, posé dans un rai de soleil, sur un silence. Il change. Il tourne. Craque. Boite un peu. Se tasse soudain, pris d'un vertige. Puis il se redresse net sur un coup de dé ! Six fiches ! sec ! Il boit. Encore un verre. La tournée à Jack. La tournée à Sophie. La tournée à Virginie. La tournée à Rico. La tournée du Docteur. Celle à Gégé. À Habib. À Serge. À Alain. À Sabine. À Fanfan. À Jean-François. À Chantal. À Brigitte. À Christian. Le coup du Maire. À Laurence. À Jules. À Jipé. À Ingrid. À Sissou. À Christine. À Péchoux. Autant de minuscules cadeaux vite déballés. À peine il tangue. Disons qu'il frémit. Comme a pu se balancer un jour au vent du vin monsieur Van Gogh. Devant son verre de rouge. Qu'il payait d'un coup de soleil sur la toile ! Doudou aurait bu un verre de vin avec Van Gogh. C'est sûr. Comme deux et deux font les comptoirs. En voisins de coudes qui adorent la causette. Van Gogh n'est pas muet. Doudou n'est pas sourd. Vincent aurait parlé lumières et Doudou parlé mots. Au final, Van Gogh aurait parlé de la lumière des mots et Doudou de la couleur des phrases. Tout ça, devant un ballon de vin rouge, quinze fois remis, trente lichettes ! Le soleil oblique passant au travers des verres leur aurait montré un champ de coquelicots. Trente coquelicots de comptoir qu'aurait peints Van Gogh saoul. Il aurait, le lendemain, fait le portrait de Doudou. Un portrait jaune paille plein de lumière. Le feu aux joues. Et les yeux bleus. Ils auraient pris encore une cuite. À la santé des tournesols ! À la santé des dictionnaires ! Le tableau « Doudou par Van Gogh » aurait pris place sur le mur de sa cuisine. Ou mieux, devant tout le monde, sur le mur du café ! Doudou par Van Gogh au milieu des bouteilles. Comme chez lui, dans les airs ! Avec l'été, une mouche sur le nez. Qui l'aurait fait loucher. « Doudou par Van Gogh louchant à la mouche sur le nez ». Cent milliards chez Christie's ! Resterait aussi, quelque part au village, le portrait peint par Vincent du docteur Favrot. « Un café la nuit ». « L'Église de Talloires ». « Portrait de Madame Roche au chapeau ». « Les Barques ». « Les Tournesols » et « Les Dés ».

La vie s'exprime là, se bombe, éclate, une graine, elle envoie lentement ses pousses par-dessus la piste où roulent les dés, clac ! Ce son, que l'on qualifie par fatigue de bruit, est une musique. Doudou, l'homme qui lance les dés, transforme les bruits du quotidien en refrains dès le matin. Transcendance des zincs. Il précisera, pour avoir toujours le goût des mots en bouche, en « arpèges sonnants et trébuchants ». Doudou ne peut pas s'empêcher. L'amour des mots. La langue. Passion des dictionnaires. Il y en a un posé là, derrière le comptoir, qu'il appelle « le Juge de paix ». Un litige ? Demandons l'intervention du Juge de paix !

Il faut maintenant regarder la main qui lance les dés. La main d'Édouard. Les doigts de Doudou. – Édouard au comptoir devient Doudou, bien sûr, alchimie. – Les ongles bombés. Les phalanges dures, sèches, sans viande, et le doux renflement de la peau neige sur l'ongle couleur ivoire. L'inclinaison abrupte sur la corne, étroite falaise de vivant, et puis un renflement de chair qu'un insecte verrait comme une montagne, et que nous ne regardons pas. Seuls les chiens de comptoir regardent fixement les mains. Pour le morceau de sucre ou la caresse. Pourtant, la main est là. Le son des dés fait voir la main. Les dés ont roulé. 421 sec ! La main a tremblé, à peine. Doudou s'est ressaisi. Cette main ne montrera pas son plaisir d'avoir fait 421 sec. La main néglige. Elle passe à autre chose, comme si de rien. Elle frôle le bord de la piste. Se pose sur le petit verre de vin rouge partagé avec Van Gogh et Villon peut-être. Partagé avec nous tous. Vin brillant. Vivant. Tournant. Petit verre de vin amoureux. Protecteur et dangereux. Précis. Flou aussi. Laissant dans l'air une très légère et fugace brume colorée. Persistance rétinienne du vin chez le buveur qui regarde. Petit vin libre. Révolutionnaire. Minuscule goutte de venin. La main qui vient de lancer ce 421 sec serre le verre de vin rubis, vin mon ami, mon amour, ma chance, mon copain, ma disgrâce, ma perdition, ma pensée, ma soif, ma faim, ma tristesse, se dit Doudou, en son palais de disgrâce et merveilles, intérieur. Tant pis. 421 sec ! la vie ! Le vin, les dés, la chance, le soleil, les nuages et la merde. Jolie journée pour boire du vin. Respirer. Fumer le petit cigare. Faire les mots croisés. Et mâchouiller le bout du crayon. Passions, avec trois *s* ! Et digressions, si entente !

Quand il boit du vin, il est un personnage de Zola, *Le Ventre de Paris*. Quand il tire sur le cigare, lance les dés, la chaleur, l'été, planqué dans l'ombre épaisse, le voilà chez Conrad. En son jardin calme, chez Duras. En compagnie de joueurs buveurs et rieurs et bavards, chez Steinbeck. Seul au comptoir, son visage reflété dans un coin de glace, silencieux, chez Beckett. Quand, enfin, tombe sur le sol une carte à jouer, il est chez Mac Orlan. Montmartre, sous la neige. Il se saoule chez Blondin dans *Un singe en hiver*. Il est chez Jules Renard et chez Tristan Bernard. Dans les souvenirs entomologistes de Jean-Henri Fabre, il est un charançon de la vigne, insecte d'un vert doré métallique virant au bleu qui roule les feuilles pour s'en faire une couche et lutiner dedans. Chez Théodore Monod, *Méharées*, il est une poignée de sable. Doudou, l'homme des comptoirs, va de verre en verre en passant d'homme en homme, de livre en livre. Mon royaume pour un comptoir ! a-t-il gueulé un jour, et le comptoir fut son royaume.

Et puis un jour…

Patatrac ! comme il dirait lui-même.

Doudou, l'homme devenu personnage, trépasse. Merde alors ! Doudou a trépassé ! Le mot passe dans les murs des maisons, dans l'asphalte, fait sautiller le gravier des jardins, roule jusqu'au Café de la Place et s'écrase comme une vague sur la falaise du comptoir, à la Closerie, au Club Savoie, chez les copines de chez Bise…

Trépasser ! Mot de cruciverbiste. « Passer le temps » en neuf lettres…

L'église

Le cercueil de Doudou repose sur deux tréteaux, au centre de l'église. Doudou devenu lui-même petit comptoir de bois. Horizontal. Les charpentiers et les maçons présents dans l'église sentent les horizontales et les verticales comme personne. Doudou est parfaitement horizontal, pensent-ils, tristes et souriants. Ces hommes ont le fil à plomb dans le foie et le compas dans le cœur. Ils savent tracer, tout autour d'eux, à hauteur d'épaules, à condition qu'on ne les fasse pas chier, des cercles d'amitié. Doudou, devenu en ce jour de messe l'horizontal étalon, fait la fierté des artisans. Il est l'honneur des vieilles personnes aussi. Monsieur Doudou, à son âge, dans ces circonstances très déstabilisantes, sait encore tenir son rang. Un mort en dimanche ! Encore jeune homme ! On peut toujours se fier à lui. Il a sa boussole intacte. Le comptoir de bois donne les bonnes directions. Quatre points cardinaux. Café de la Place. La Closerie. Le Club Savoie. Chez Bise. On ne se perdra pas à la sortie de l'église. Quand tout sera fini. Quand on recommencera.

Solide comptoir de chêne sur lequel les fleurs libres et en couronnes se penchent. Des fleurs sur une bière ? Au centre de l'église, ce comptoir nouveau-né brille comme une pompe. Au café d'à côté, un client dit : « Ils nous ont mis notre Doudou dans la bière ! » et l'autre répond : « Il ne boit que du vin. » Mots amis. Mots d'amis tristes. Déconnade de comptoir. Mots d'amour.

Doudou raye d'un trait d'ongle la séparation de l'église et du bar-tabac. Doudou est un comptoir fumeurs en plein centre de l'église ! Tous ceux qui l'aiment, réunis en ce jour drôle étrange, aigre-doux, doux dingue, en ce lieu lumineux et frais, précis et mystérieux, peuvent laisser leur cœur s'accouder tranquillement sur lui. Et c'est ce qu'ils font. Les plus anciens assis devant. Les copains de bistrot debout au fond, près de la porte. Tous perpendiculaires à l'horizontale parfaite du bonhomme décédé. À eux tous, avec lui, ils forment un angle droit. Un bel angle de droitesse. Un village tout entier dans le creux d'une main. Charpentiers, maçons, profs, médecin, restauratrices, peintres, taxis, forestiers, cultivateurs, barmaid, éleveurs, écoliers, serveurs, commerçants, routiers, policier municipal, institutrices, postières, lycéens, bébés endormis, gamins chahuteurs, pêcheurs, voleurs, chasseurs, déconneurs, rêveurs, gouines, pédés, soiffards, gourmets, gueulards, bagarreurs, poètes et pommes à l'eau, Monsieur le curé, s'entend, et Monsieur le Maire, un groupe d'hommes et de femmes unis, plus un chat devant l'église, qui bâille, et le chien, qui aboie, groupe humain magnifique, un de ces groupes que les Allemands tentèrent d'exterminer au plateau des Glières et ailleurs il n'y a pas bien longtemps, si jolies et fragiles vieilles dames, bébés de soie, jeunes filles en fleurs, jeunes hommes en armes, ils sont là, dans l'église, toujours là ! Vivants et brûlants. Autant de graines dans le vent. Les chasseurs, qui ont chez eux les armes, ont autour d'eux ces mots qui volent, lucioles, on ne tuera plus nos enfants ! Vous ne viendrez plus dans nos montagnes tuer nos gens ! Le village se blottit, dans le creux de cette main. Près de Doudou se tient son fils. Fin. Pétant de vie. Un beau gars ! Villageois résistants et droits en cette église. Ils sont la vie. La foi. L'honneur. Réunis pour Doudou, miraculeusement toujours en vie. Doudou brasse autour de lui le passé, le présent, les guerres et les vendanges, tout remonte en surface, les pourquoi, les comment. À l'église comme au bar. Tout est là.

Les copains d'école se succèdent, ils racontent. Les bêtises. Les rires. Le temps. Les blagues dans les missels. Les fruits volés sur les arbres. Les péripéties. Le minuscule du temps. Le moyen. Le grand. Le vent dans les branches. Le présent.

Sur le cercueil fleuri brûle une bougie. Doudou appelle. Qui sait entendre Doudou l'entend. « J'avais demandé un communard ! Pas une bougie ! Je ne suis pas fakir pour boire ce jus pressé de flamme tremblotante ! » Et Doudou de poursuivre : « Jésus, qui en son temps sut transformer l'eau en vin, a maintenant l'occasion, devant ce bel aréopage de mes amis réunis, de montrer ses talents en récidivant, en ce lieu sacré qui n'est pas un boui-boui, en transformant de ce pas cette bougie non comestible en merlot-cassis parfaitement digeste que nous appelons communard ou bien encore bourguignon, et qui n'est, en fait, qu'un kir au vin rouge ! »

Un ange passe dans l'église. Il porte bien un instrument de musique entre ses petits doigts boudinés, mais pas de vin.

« Que nenni ! » continue Doudou qui a la pépie. (Avoir la pépie : locution verbale. Être assoiffé d'eau (familier), ex. : un sportif éreinté qui a la pépie. Zoologie : en ornithologie, pellicule épaisse qui se forme sur la muqueuse enflammée de la langue d'un oiseau, dixit le Juge de paix.) « Ils vont me rendre atrabilaire ! » continue donc Doudou en son comptoir de bois, que plus rien n'arrête. Il peut parler comme ça des années. Il a le temps. Il est trépassé. Alors il poursuit : « Et pas le moindre limé non plus ! Merlot ! Coup de blanc ! Un pichet de vin rosé frais ! Rien n'arrive ! Jésus me déçoit beaucoup », susurre enfin Doudou décédé au milieu de l'église. Faut quand même du culot ! Dès le premier jour houspiller le fils du patron.

Alors son fils à lui se lève. Le beau gaillard. Il tend le bras, touche le cercueil du bout des doigts. Un coup d'ongle. Sec. Les assoiffés du bout de l'église reconnaissent ce son qui monte dans la nef. Comme le clic d'un goulot épais, contre le bord fin d'un verre.

Le fils a servi le père. Une dernière fois.

Alors Doudou, rasséréné, fait rouler les nouveaux dés de sa nouvelle mort sur sa nouvelle piste neuve. Nénette !

« Que nenni et nénette », on les aura entendus, ces deux-là !

À regarder longtemps le cercueil dans le centre de l'église, on pouvait se demander s'il ne rapetissait pas. De minute en minute. Doudou faisait une farce. On enterrait à sa place un magnum de saumur-champigny.

Le cimetière

La montagne partout. Plus loin, aux Glières, dans la vallée du Petit-Bornand, au Café du Courrier, de jeunes bergers accoudés au comptoir parlent des loups revenus. « On nous remet les loups, j'en ai eu dans mon pré. » Leurs bottes et le treillis éclaboussés de boue. Leurs mains rouges serrent les verres. Le vin luit. Minuscule feu sauté d'*Un roi sans divertissement*, de Giono. Leur visage barbu et leurs yeux d'anges. Doudou en son cercueil de livres parle maintenant avec Giono des montagnes et des loups. Verlaine se fait cueillir en montagne un panier de poisons en rhizomes pour en distiller des alcools interdits. Doudou boit avec lui.

Quatre gaillards font descendre lentement le cercueil dans la terre. Entre la montagne et le lac. La neige brille sur les sommets des Bauges. Le lac lisse à cette minute du recueillement ultime comme un zinc resplendit. Il fait un soleil magnifique. Il fait chaud. Tout le village défile devant le père, bien allongé, et le fils, bien debout.

Le bar

Le bar a bougé. Le vin, la bière, les rires, la tristesse font apparaître, contre le comptoir, le temps. Le temps dans le bistrot a vrillé. Comme une plante grimpante, le temps a grimpé. Il a sa direction. Que nous avions cherchée longtemps. Où va le temps ? Le temps s'entortille et monte au plafond. Étrange découverte. Doudou sourit. Depuis son comptoir en cercueil il sait que le temps s'entortille, monte vers le soleil et disparaît. Il nous tourne autour quand nous sommes debout. Il nous emprisonne, quand nous sommes allongés et que nous dormons, d'une fine treille de lianes et de feuillages. Parfois, au matin, le temps a laissé sa marque sur une main, sur une joue, sur un cœur. Alors, ce temps posé sur nous s'accroche aux épaules toutes proches de ceux qui boivent debout et il nous lie. Le temps des uns sur les épaules des autres. Le temps lance des gourmands. Le temps qui va comme ça, d'épaule en épaule, de joue en joue. Dans les veines des mains qui deviennent bleues et noires. Dans la tiédeur des os. Le cimetière se vide. Le fils pleure un peu. Quelques larmes de peine pure. Une peine qui aurait serpenté dans un pré de montagne, entre les herbes et les fleurs sauvages. Gouttes qui coulent sur ses joues et glissent dans son cou, tombent, et vont donner à boire à cette plante de temps, le temps de son père mort qui s'entortille maintenant avec lenteur et grâce autour de lui. Maintenant le fils à Doudou rit. Boit du vin. Et repleure au bistrot. Le comptoir fait sa révolution. Ceux qui sont là se touchent, se frôlent et se bousculent. Comment dire, à ceux qui ne sont pas là, que c'est là qu'il faut être ? Au café, quand les cœurs s'y rassemblent.

Parce que ici, le monde tient dans la main.

– Qu'est-ce que vous buvez, les gars ?

– Tout !

Jean-Marie Gourio

Un blanc !

L'alcoolisme des jeunes,
pour une fois qu'il y a quelque chose
qui les intéresse !

Un café !

Le monde a toujours été globalisé,
tous les pays sont sur la terre.

Un petit rosé !

En France, tu peux avoir un retrait de permis
parce que t'étais bourré à vélo !
T'as moins d'emmerdes
quand tu tapes ton gosse.

Une noisette !

Les aveugles, on leur met des lunettes
noires et des cannes blanches,
c'est complètement con.

Un blanc limé !

Le développement durable, je m'en fous,
moi je veux pas que ça dure.

Un galopin !

Y a des cyclistes,
ils sont tellement maigres,
on dirait des vélos.

Un alsace !

Mon père il est bien,
il a cramé des bagnoles et tout !

Un lait chaud tartine !

Pour nous le bling-bling,
c'est pas Sarkozy, c'est les bouteilles
qui font bling bling dans le cabas.

Un sauvignon pas trop frais !

Une centrale électrique au bord de l'eau,
faut être malade !

Un demi !

Pour les surgelés,
faut pas rompre la chaîne du froid,
ça pourrit, eh ben pour les gens
faut pas rompre la chaîne du chaud,
sinon pareil !

Un sauvignon mignon !

J'ai le nez de ma mère,
les yeux de mon père,
le même menton que ma grand-mère,
le caractère de mon grand-père,
je suis fait en bouts comme Frankenstein.

Un café ! Un calva !

La caillera chez les oiseaux,
c'est les moineaux.

Un noir orange press !

La bite, c'est pas un bout,
c'est un début.

Une côtes !

C'est pas moi qui reste, c'est mon coude
qui veut pas partir.

Un déca !

Plus il fait chaud, plus j'ai froid aux pieds,
j'ai mes orteils qui emmerdent le ciel.

Un panaché !

Ils bouffent avec des baguettes en bois
parce que depuis Hiroshima,
ils sont tous aimantés.

Noisette tartine !

Chaque fois qu'on vote, on se fait baiser,
si ça, c'est pas du civisme.

Un calva !

La terre, elle est pas plus ronde
que mes couilles, elle est aplatie aux deux
bouts, je te dis !

Un monaco !

Je m'en fous de l'heure ! En plus le temps
ça marche jamais !

Un sauvignon !

On est pas plus cons
que les autres cons.

Un kir !

Moi, j'aime que quand c'est trop cuit,
ou quand c'est pas assez cuit.

Un crème !

Une tuerie familiale, au moins,
ça sort pas de la famille.

Un verre d'eau pour le chien !

Je vais amener les gosses sur la place
voir la course d'escargots, comme ça,
j'aurai le temps de boire un coup.

Un blanc de Savoie !

Le brin d'herbe, il voit la vache arriver,
il a pas peur, c'est comme nous le coiffeur.

Un mini-black !

On l'appelle « y pète et ça pue »,
mais en fait, il est coréen.

Un ballon de rosé !

Le serpent qui rentre trop sa tête
dans les épaules,
on lui retrouve son nez dans le cul.

Un café rhum !

Dans la vie, tout est possible,
mais déjà, faut naître.

Un ballon d'alsace !

Jane Birkin, elle était avec un génie,
alors que Carla Bruni,
elle est que avec un président.

Un marc !

Cinq enfants, ça fait pas plus d'enfance
que un seul.

Un thé citron !

Avec moi, un cycliste qui se dope
pendant le Tour de France,
ça serait un coup de pied au cul
par traversée de village !

Un thé con !

C'est con le chauffage collectif si tout le
monde a pas froid en même temps.

Un thé-tine !

Mon père, il boit des bières
en regardant la messe à la télé.

Un citron pressé chaud !

Les discours de Sarkozy, j'enlève le son,
le mec est encore plus petit.

Un demi pêche !

En Irak, une jambe arrachée,
c'est un produit du terroir.

Une Heineken !

Sur les vieilles images en noir et blanc,
on voit mieux la tristesse.

Un kawa !

C'est les vaches qui pètent qui réchauffent
la planète, et quand on les fait cuire,
ça arrange rien.

Un crème sans mousse !

L'armée française, elle sert plus à rien,
on ferait mieux de l'utiliser
pour faire les vendanges.

Un galopin !

C'est un fou, on le mettrait vivre
sur une bulle de savon
qu'il bêcherait le jardin !

Un Citror !

Aujourd'hui, *La Marseillaise*,
ça sert plus pour les sportifs
que pour les militaires.

Une tatin !

L'armée qui supprime cinquante-quatre
mille postes, tu peux faire une croix
sur cinq mille bistrots !

Un Sprite !

Quand je lis l'horoscope,
je triche sur mon signe,
de toute façon personne vérifie.

Une Tuborg !

Le vrai malaise de l'armée,
c'est chaque fois qu'on est en guerre,
on prend une branlée.

Un café-le-con !

Visiter le Louvre,
t'as le temps de rien voir
tellement y a des tableaux,
c'est une arnaque.

Une blanche !

En Chine, ils sont cons
comme un seul homme.

Un ice tea !

Les Jeux olympiques à Pékin,
tu vas voir les maladies
qu'ils vont nous ramener.

Un marc !

Le soleil, ça fait du bien au moral,
le charbon, ça fait pas pareil.

Un lait fraise !

Le parachutiste, il a presque plus besoin
d'un avion que d'un parachute.

Un Ricard !

À la petite école on apprenait que des conneries, heureusement que dans la rue, on apprenait des bêtises !

Un porto blanc !

Le mec qui chante, celui qui louche, Lenorman, il louche pas moins que Dalida mais pas plus que Joe Dassin.

Un noir orange bouteille !

Moi je bois pas, je slurpe.

Un rhum !

Moi quand j'entends *La Marseillaise*, je me mets debout !
Et tant pis si je me mets debout toute la journée à cause de cons qui la jouent toute la journée !

Une bobinette !

La Marseillaise, il faut la jouer un peu, sinon après, ça veut plus rien dire.

Une Chimay !

La peur empêche pas le danger,
l'alcool empêche pas la cuite.

Un Vittel menthe !

La colique c'est facile à savoir,
alors que la malaria, c'est des symptômes
qu'on connaît pas.

Une Pelforth !

Y en a qui aiment bien chier dans la
montagne, d'autres qui n'aiment pas ça,
c'est deux écoles.

Un Vittel fraise !

C'est pas la peine d'entretenir une armée
si c'est pour offrir des pichets de cidre
aux Allemands !

Un diabolo menthe !

Sarkozy, il va nous faire une armée
à sa taille, des chars à talonnettes.

Un kir framboise !

Y a des marais dans le Poitevin ?

Un bock !

Une course de chevaux,
faut minimum deux chevals.

Un jus d'ananas !

L'alcoolisme des jeunes,
c'est ce qui a remplacé
le service militaire.

Un pastis !

C'est pas la peine que j'aie d'adresse,
je suis tout le temps ici.

Une trappiste !

Je défie quiconque de pas avoir envie
de faire pipi quand il arrose son jardin,
quiconque !

Un diabolo cerise !

Le compas, le rapporteur, le double décimètre, y a que ça que j'aimais à l'école, et la cantine.

Un Berger blanc !

Ils ont trouvé de l'eau sur la Lune, et si on y habite un jour, y aura du vin.

Un porto verre tiède !

Je ne suis pas plus fatigué qu'un mort.

Un petit noir !

Moi quand j'écoute pas, j'écoute pas, ça me rentre par une oreille, ça me sort par le cul.

Un kir royal !

Un qui est super SDF, c'est le vent.

Une griottine !

Les pigeons, ils mangent des merdes de chien, et après, ils roucoulent !

Un verre de chinon !

L'eau, c'est des molécules, c'est pour ça que ça mouille.

Une griotte !

J'ai vu un rat gros comme une voiture, mais je crois que j'étais saoul.

Un rivesaltes !

Moi quand je sors, je peux plus rerentrer, je suis du dentifrice.

Un quart merlot !

Se bourrer la gueule pour rien, ça sert à quoi ? Moi au moins, je me bourre la gueule pour quelque chose !

Un indien !

Même le patron du Crédit Agricole
trouvera pas des paniers de girolles
comme moi !

Une Suze !

Ce qu'on a dans l'œil,
c'est du blanc d'œuf.

Un Byrrh comme les vieux !

Sarkozy, je le croise dans la rue,
je l'explose.

Une Avèze !

J'avais un ami qui rêvait qu'il dormait
et puis il est mort.

Un camembert assiette ! Un beaujolpif !

Lui, il remplace Dieu
quand il est malade !

Un brouilly !

L'autre soir, c'était la pleine lune,
on était tous pochetrons garous.

Un guignolet !

La terre pourrait être plus petite,
y a des endroits où on va jamais.

Un Martini !

Le soleil ne fait pas partie de la nature,
la nature, c'est sur la terre.

Un crème !

Si ils augmentent le temps de travail,
j'augmenterai le temps
de faire semblant de bosser…

Un lait chaud !

En montagne, on ferait mieux de remettre
des bergers que des loups !

Un café croissant !

Oublier sa fille toute la journée
dans une voiture au soleil, le gars,
je le prendrais pas comme cuistot.

Un noir ! Un demi ! Un jus d'ananas !

Quand on replante des arbres,
les oiseaux devraient mettre un peu
des sous de leur poche.

Un lait rhum !

Plus aucun jeune veut être curé…
Dieu n'a plus d'arguments !

Une pomme poire !

La Bible, c'est le catalogue de la Redoute
des curés.

Un ballon d'alsace !

Gagner sa vie à jouer de la musique,
c'est comme si on te paye à respirer.

Un comme d'hab !

Les rides, c'est sous la peau,
c'est pour ça que ça s'en va pas
quand on se lave.

Un Viandox !

Dans les laboratoires,
ils prennent des animaux
et ils leur donnent des maladies,
du coup, on peut plus les manger.

Un thé à la menthe !

L'éthylotest qui empêche la voiture
de démarrer, on en a déjà un
dans le cerveau : quand on a bu,
les jambes s'arrêtent.

Un rince-cochon !

Il faudrait que dans les centrales
les fuites radioactives
ça sente l'œuf pourri, on s'en rendrait
compte tout de suite.

Un petit blanc grand verre glace !

Les plus respectés
dans la société française,
c'est la matière grise en col blanc !
Franchement, on aime pas
les couleurs vives…

Un tango panaché !

Déjà qu'avec une armée entière,
on perdait toutes les guerres,
alors si ils suppriment la moitié
des régiments…

Un lait menthe !

L'araignée au plafond,
c'est pas très grave
comme maladie mentale.

Une blanche !

Pour les rois de France, les châteaux
de la Loire, c'est des cabanes
au bord d'un ruisseau.

Un Fernet-Branca !

L'eau minérale,
il a fallu des millions d'années
pour qu'elle traverse les Alpes,
le vin, même pas deux jours en camion !

Un café sucrettes !

Lui, il faut pas qu'il donne son sang,
il a la connerie dedans.

Un demi fraise !

Le Festival d'Avignon,
tu peux pas manger
une salade en terrasse
sans que t'aies trois clowns
qui tournent dans ton verre.

Un grand rosé ! Un petit kir !

Même si c'est une grande richesse
pour la France, jamais un roi s'est fait
mettre des bouts de fromage
sur sa couronne.

Un grand black !

Moi j'ai pas cinq sens, j'en ai six,
avec mon chien qui me ramène.

Un café arrosé !

Les Jeux olympiques à Pékin ?!
Les mecs, ils mesurent un mètre dix !

Un blanc limé !

La poussière radioactive qui sort
d'une centrale nucléaire,
si t'habites à côté,
bonjour les meubles !

Un thé mandarine !

Un accident du travail,
c'est moins pire qu'un accident qui t'arrive
quand t'es bien peinard en vacances.

Une tomate !

Les crèmes pour pas vieillir,
tu vieillis quand même,
mais plein de crème.

Une même chose !

On a plus de sidérurgie,
on a fermé les mines,
on a plus d'usines textiles,
maintenant on supprime la moitié
des casernes ! Heureusement
qu'il nous reste le disque de Carla Bruni
pour faire tourner l'économie !

Deux mêmes choses !

Contre le dopage dans le cyclisme,
on fait pisser les coureurs,
mais ils sont tellement malins les médecins
qu'un jour il faudra faire pisser les vélos.

Trois mêmes choses !

La dépression, tu peux pas te lever
le matin, je le sais, j'en ai.

Un grand blanc !

T'as bouffé du lion ce matin,
t'es comme sainte Blandine !

Un déca rallongé !

Le vin de garde, d'accord,
mais faut pas que la bouteille
ça devienne de la prison à vie.

Un turc !

Je mange rien qui vient du Brésil,
j'ai pas envie d'avoir des nichons.

Un Cynar !

J'ai mon cadran solaire qui est waterproof,
ça lui fait rien de prendre la pluie.

Un blanc limé !

Je lis le journal au café. À la maison, je
m'en fous de ce qui se passe.

Un thé rhum !

Avec tous ces postes supprimés
dans l'armée, qu'est-ce qu'ils vont faire
des bérets ?

Une grenadine !

C'est un con, il a le cerveau liquide,
tu lui parles, ça fait des ronds dans l'eau.

Une Jenlain !

Si on avait fait la guerre du Vietnam à
Dijon, on aurait des vétérans de Dijon.

Un côtes-du-rhône verre tiède !

On a les couilles qui vivent suspendues
par les pieds tête en bas
comme les chauves-souris.

Un noir !

Si la durée de vie augmente, normalement,
la durée de mort raccourcit.

Un monaco !

Le caoutchouc, ça sort d'un arbre,
tu fonces dans un arbre en bagnole,
c'est le caoutchouc des pneus
qui rentre chez lui !

Un blanc sec et un blanc doux pour les clowns !

Moi, si j'étais un parfum,
je serais une soupe.

Un café croissant !

Chaque fois qu'on ouvre les portes
du paradis, imaginez le courant d'air !

Un marc de café !

Quand on a bu au volant,
limitation de vitesse, quand on a pas bu,
aucune limitation de vitesse,
je trouve que ça serait honnête comme
système, si tu veux rouler vite,
tu bois pas, si tu veux rouler lentement,
tu bois.

Un Cacolac !

Heureusement que le bébé
boit pas de l'essence,
parce qu'avec dix biberons par jour,
on s'en sortirait pas !

Un kir pour l'homme ! Un sucre pour le chien !

La France qui vieillit, ça me dérange pas, j'aime pas les jeunes.

Un noir goutte de lait froid !

En France, on a des remparts, en Chine, ils ont une muraille !

Un chocolat brioche !

Avec la montée des eaux, si on peut pas aller en vacances à la mer, c'est elle qui viendra à la maison.

Un rosé jusqu'au bord !

La meilleure hydratation du corps, c'est se retenir de faire pipi.

Un blanc SAMU !

Les huîtres sont malades cette année, mais si tu mets un suppositoire là-dedans, ça change le goût.

Une Carlsberg !

Envie de chier ! envie de rigoler !
envie de vivre ! envie de boire !
envie de faire un enfant !
envie de voyager ! envie de baiser !
L'envie, ça bouffe
à tous les râteliers !

Un café liégeois !

Bison futé veut pas qu'on conduise
aujourd'hui, je m'en fous, j'écoute que
Autruche connasse !

Un petit rosé !

Le dalaï-lama, moi je le fous dans la soupe
chinetoque avec les asperges
et les crevettes.

Un Coca !

Le musée de l'Homme, y en a qu'un !
À Paris ! Et pourquoi ça ?!
En province, y a pas d'hommes ?!

Un grog !

Le seul coup de foudre que j'aie eu dans ma vie, c'est avec un ragondin.

Un noir jus d'ananas !

Oublier son gosse dans sa voiture, ça peut arriver. En plus, moi, je me rappelle jamais où je suis garé.

Un rosé limé !

Sarkozy, il veut pas faire reculer la pauvreté, il veut faire reculer les pauvres !

Un serré citron press !

Les profs de maths, c'est souvent des femmes, parce que la femme aime compter.

Un Canada Dry !

Moi, si je vais au bout de moi-même, je bouge pas, je suis arrivé.

Une Adelscott !

Les grands champions,
les vélos sont étudiés en soufflerie,
ils soufflent dessus,
ça donne une forme de vélo.

Un Vittel cassis !

Nous, on a les blagues belges,
les vaches charolaises,
elles ont les blagues normandes.

Un Duval !

Les Jeux olympiques à Pékin,
un bon tremblement de terre
et t'as les Jeux paralympiques.

Un café tartine !

Le Tour de France,
c'est un Espagnol qui gagne,
le tour de mon quartier,
c'est des Turcs.

Un lait de poule !

Jésus, c'est le premier glandeur
de l'histoire qui zonait en faisant
chier le monde.

Trois blancs pour les mousquetaires !

Les préservatifs au goût de fraise,
c'est pour les jeunes,
ils pourraient en faire à la soupe
de légumes, pour les vieux.

Un café crème !

La plus belle avenue du monde,
c'est le ciel en Bretagne.

Un jus de poire !

À la Noël, nous,
on avait une orange !
Eh ben, avec le pouvoir
d'achat d'aujourd'hui,
ça va recommencer !

Une noisette allongée !

C'est toujours les mêmes traînards
qu'on a la nuit dans la rue,
l'éclairage public qu'on paye,
c'est quasiment leur éclairage privé.

Une coupette !

La patronne, elle picole tellement,
on l'appelle « la petite Venise ».

Un demi sans mousse !

La plus grosse délocalisation,
c'est la lumière qu'on fabrique
sur le Soleil !

Un grand chocolat !

La Vache Qui Rit aura tenu
plus longtemps que le Concorde.

Un bock de blanche !

Un gosse, soit tous les ans ça prend
de la valeur, soit tous les ans, ça en perd.

Un Orangina !

Moi, les sucres lents, ça me fait dormir.

Un jus d'abricot !

Sur la plage, je me mets toujours
à côté de la poubelle,
parce qu'il y a personne.

Un perniflard !

On ferait parler les meubles rustiques,
ils diraient c'était mieux avant.

Un déca noisette !

Sur la plage, on est moins beaux
que les animaux,
mais on est plus beaux que les insectes.

Un rhum coco !

Le trou du cul, on pourrait l'enlever
et le remettre comme un chapeau,
vu ce qu'on s'en sert.

Une bière avec la mousse au fond !

On a un coin salon-salle à manger,
comme ça on salit les deux
quand on mange.

Un panach bien blanc !

Un microbe que tu regardes
au microscope, il est nu, en fait.

Un café glacé !

Avec la baisse du pouvoir d'achat,
je peux plus leur acheter des glaces
si je veux boire mes bières.

Un p'tit blanc croissant !

Chassez le naturel, il revient au goulot !

Un demi et un entier !

Quand t'es à la retraite,
c'est pas la peine d'avoir une montre
qui marque toutes les heures,
tu mets « matin, midi, soir », ça suffit.

Un Ricard ballon !

La poule, elle vole pas, elle mange
des granulés, elle est entre l'oiseau
et le poisson.

Un café verre d'eau tiède !

Ça te fait la pluie, la grosse goutte,
la petite goutte, la neige, la tempête,
les petits flocons, ça te fait la grêle,
les œufs de pigeon, l'orage,
ça te fait le coucher de soleil tout rouge,
un nuage, c'est un vrai couteau suisse.

Un lait froid !

Le Tour de France, c'est le grand festival
des bottes de paille.

Un blanc cass !

Vous avez vu les mètres d'intestins
qu'on a dans le ventre ?
C'est moins bien roulé
que le tuyau d'arrosage.

Un Ricqlès !

Jésus, il est venu sur la terre parce que
c'est la seule planète où y a de l'air.

Une Dortmund !

Il faut mettre les livres au frigo,
comme ça quand tu lis sur la plage,
ça te rafraîchit.

Un Casanis !

Je sais pas comment ils font pour compter
les Chinois, ils bougent tout le temps.

Une Badoit !

C'est Léonard de Vinci qui a inventé
le rond-point.

Un demi ! Un pâté cornichons !

Tous les trucs importants
comme le cœur ou les poumons,
c'est la galère à changer, alors que les trucs
comme les chaussettes dont on se fout,
en cinq minutes, c'est fait…

Une noisette serrée !

La sangria au soleil, c'est machiavélique !

Un déj' complet !

Sur le saint suaire, y a l'image du Christ,
y a aucune lessive qui a pu ravoir ça.

Un ballon d'alsace bien gonflé !

C'est à Reims qu'on sacrait les rois
de France, c'est pour ça qu'il y a
du champagne.

Une Pelforth brune !

La télé, je la regarde sans faire attention,
comme un aquarium,
vous me mettez Mireille Dumas
dans l'eau avec des algues, c'est pareil.

Une Évian !

Carla Bruni, elle distribue son disque
pendant le Conseil des ministres,
elle tiendrait une boîte de nuit,
elle ferait un strip.

Un thé au lait !

Sarkozy, à côté d'Obama,
c'est le radis rose et le radis noir.

Un kir à la mûre !

Une fumerie d'opium, ça vaut pas
une fumerie de jambon.

Un perroquet !

On prend pas un avocat quand
on a volé des crevettes.

Un crème serré !

Les gens n'ont plus d'argent,
ils boivent que le Ricard nécessaire.

Un café glacé !

C'est pas la peine d'être
sans domicile fixe si c'est pour rester
assis au même endroit !

Un Ricard grand verre !

Quand tu travailles à la Météo
nationale, au moins, au bureau,
tu sais de quoi parler.

Un porto rouge !

Les cafés à Pompéi,
que tu fumes dedans,
que tu fumes dehors,
ça a rien changé.

Un Picon !

Si t'as l'alzheimer,
en plus un cancer,
une retraite de merde,
que t'as pas de famille,
c'est bien d'avoir l'alzheimer.

Un cappuccino !

L'Amérique latine,
on parle pas plus latin qu'ici…

Un muscat !

Un immeuble de dix étages,
si c'est que des nains dedans,
tu peux faire vingt étages.

Un Pernod !

D'après Bison Futé, c'est une journée rouge, alors on va boire du rouge.

Un croque-monsieur ! Un ballon de brouilly !

Des fois j'ai des travelos qui viennent,
ils me laissent du rouge à lèvres
sur les pintes de Guinness.

Un Pschitt orange !

Si j'étais chirurgien, j'attaquerais des banques et je cacherais le pognon dans le ventre des gens que j'opère…

Un grand crème beurrée confiture !

Les hommes préhistoriques faisaient pareil que nous, cuire de la viande dans le jardin.

Un Viandox vin blanc !

Kafka, c'est un peu du Raymond Devos.

Une petite côtes pas trop fraîche !

Dans mille ans t'auras des SDF
dans l'espace, des mecs dans des cartons
en orbite.

Un Coca Light !

Jules Verne, il a écrit *Voyage au centre de la terre*, mais pour les vacances, il allait à La Baule.

Un porto verre tiède !

Paris plages, c'est bien,
Paris logements, ça serait mieux.

Un café verre d'eau !

Chacun son boulot !
Moi je serais clown,
je ramasserais pas les crottes de chameau !

Un thé glacé !

Marco Polo, aujourd'hui,
il reviendrait de Chine
avec les bateaux pleins
de fausses Adidas.

Un Viandox tartine rillettes !

Si la pêche c'est un sport,
faut pas manger le poisson,
au football,
on mange pas le ballon.

Une double tomate !

Au prix que ça coûte à la Sécu
de se faire greffer deux bras,
ils pourraient en greffer
un troisième gratuit.

Un thé-moche !

La montagne, on voit tout,
c'est comme si les paysages
sont accrochés au mur.

Une Kriek !

Ma grand-mère elle disait :
« Si les gens sont pas chez eux
et que la lumière est allumée,
c'est que c'est des riches. »

Un Dubonnet !

Les gants ça a la forme des mains,
les chaussures ça a la forme des pieds,
y a que le slip qui a la forme de rien.

Un pétillant !

L'architecture intérieure,
l'architecture extérieure,
ce qui fait tenir les maisons,
c'est l'architecture entre les deux.

Une feuille morte !

Les gosses, ils rient pour rien,
ils pleurent pour rien,
ils prennent des claques pour rien.

Un sec beurre ! Un juliénas !

L'horoscope chinois, t'es Rat,
Cochon, Singe, Serpent,
je préfère encore être Cancer.

Un Picon bière !

J'ai bu comme une vache,
même pas malade,
c'est passé par le trou du cul
des anges, comme on appelle.

Un aligoté !

Les gens qui meurent de faim,
on pense pas à eux,
si tu crois qu'eux ils pensent à nous !

Un complet ! Un quart merlot !

Il y a des gens qui ne peuvent pas vivre
parce qu'ils sont des tambours en cristal.

Un thon crudités ballon d'alsace !

J'ai jamais bu un « apéritif maison »
à la maison.

Un verre de chinon !

Si j'avais le pouvoir, je ferais visiter
une fourmilière par des abeilles,
et le lendemain, une ruche
par des fourmis… Qu'y voyent.

Un crémant !

Si l'air ça gelait comme l'eau,
on serait coincés dans l'air
pendant deux mois de l'année.

Un tavel !

Le chômage, c'est un métier
comme les autres,
je le fais avec tout mon cœur.

Un Du beau-Du bon-Dubonnet !

Jésus qui marche sur les eaux,
je l'emmerde ! Moi c'est ni dieu,
ni maître nageur !

Une Suze cassis !

Il a dégueulé toute la nuit, l'estomac
à l'envers, comme le roi Dagobert.

Un chiroubles !

Le théâtre, faut pas que ça soit trop long,
parce qu'après, y a les huîtres.

Un gin !

Le plus grand rassemblement de sosies,
c'est le banc de sardines.

Un thé jasmin !

À Lascaux, c'étaient les premières peintures,
après il faudra attendre un million d'années
pour les premières étagères.

Un petit blanc ! Un croissant !

Je m'emmerde tellement à la maison,
c'est un accident domestique.

Un kir pêche de vigne !

Le thon, c'est bon pour la santé,
y a du poisson dedans.

Un Vichy fraise !

La montagne au printemps,
c'est que de l'eau.

Un lait coco !

Quinze jours dans un camp de nudistes,
ça m'a dégoûté de la raie des fesses.

Une Suze Perrier !

Un jour le fœtus on lui donnera
un téléphone portable, pour qu'il puisse
discuter avec la maman.

Une beurrée confiture ! Un Vittel cassis !

L'allocation de rentrée scolaire,
on y a pas droit pour un chien
qu'on fait dresser ?

Un Ricqlès ! Un demi !

Dans le Perrier, c'est le gaz des bulles
que tu payes, si tu t'en prends
un mètre cube,
t'en auras dix fois plus cher qu'à GDF.

Un banyuls !

C'est pas moi qui oublierais
mon gosse dans ma bagnole,
les passants te pètent les vitres.

Un cahors !

Y a des oiseaux qui font leur nid
avec du crin de cheval,
du coup ils ont les oisillons
qui puent le crottin.

Un verre de meursault !

Ils disent : « Offrez votre sang ! » Jamais !
Mon sang, c'est pas des fleurs !

Un JB glace !

Aller jusqu'à Pékin pour nager
le cent mètres ! Pourquoi ?!
En France, on a pas d'eau ?!

Un blanc de Savoie !

L'eau de mer, c'est normal
qu'elle soit salée en Bretagne,
mais elle devrait être sucrée aux Antilles.

Une pinte de Guinness !

Un jeune qui porte une moustache,
c'est le mariage de l'ancien
avec le contemporain.

Une clairette !

Les oiseaux, ils ont toujours leur nid qui fait la bonne taille, alors que nous, dès que les gosses arrivent, c'est trop petit.

Un œuf mayo comptoir ! Un fitou !

Le lait, ça a pas tellement goût de vache.

Un kir champagne à la pêche !

La France, c'est un pays minuscule :
un petit gel, on a plus de mirabelles.

Un jus de raisin !

Une carotte qui pousse dans le jardin,
elle sera toujours plus vivante
qu'une sculpture de Rodin au musée.

Un petit chablis !

On est déjà trop nombreux sur la Terre,
alors si en plus on trouve de la vie
ailleurs…

Un Cinzano !

Les coudes, c'est des petits genoux.

Un génépi pour l'alpiniste !

Les plus nombreux sur terre,
c'est les insectes,
et après c'est les Chinois.

Un grand crème serré beurrée confiture !

Le corps de la femme,
c'est un sous-groupe du corps humain.

Un saint-julien !

À Pékin, c'est des millions de voitures,
et à Paris maintenant,
on est tous à vélo !

Un Americano !

Le sabre aux Jeux olympiques ?
Et pourquoi pas la machine à jambon ?!

Un pastis pour le jeune ! Un Ricard pour le vieux !

Les gamines de la gymnastique
qui se tortillent, elles font pas mieux
que les vers sur mon hameçon.

Un jus de pamplemousse !

Le jazz, c'est la musique des Noirs
qui étaient malheureux.
Dans le Pas-de-Calais, c'est la fanfare.

Un verre de limonade !

Un vieux loup de mer, tu le poses
sur le mont Blanc, c'est un jeune agneau.

Un bourguignon !

Ils ont fait une fête de la nature,
il a plu, merci la nature.

Un Ambassadeur !

Le cerveau, c'est plus du gras
que du muscle.

Un lait menthe !

En Chine, pour naître faut réserver.

Un crème allongé !

Un ouvrier qui sert du vin,
c'est un peu plus beau qu'un curé
qui sert la messe !

Un Martini gin !

Toutes ces nationalités réunies,
soit c'est les Jeux olympiques,
soit c'est un centre de rétention.

Un jus de pêche !

Manaudou, elle est grosse, elle est riche,
que des trucs qui flottent pas.

Une mauresque !

Les vaches ça broute toute la matinée,
du coup à table à midi,
elles ont plus faim.

Un camembert beurre ! Un ballon de côtes !

Un rejet de greffe, c'est ton corps
qui est trop nationaliste.

Une Suze limonade !

On pensait que l'an 2000
ça serait toujours loin devant
et finalement c'est déjà loin derrière.

Un guignolet kirsch !

Entre le moment où tu bois
et le moment où tu pisses, la bière,
elle en passe des chicanes.

Une roussette !

Balles neuves !

Un diabolo cassis !

Quand j'étais petit je me dopais,
avant le foot, je mangeais cinq bananes.

Un museau comptoir ! Un bergerac !

Au golf, t'es un pissenlit.

Un JB !

Dix mille races de papillons,
en fait non,
c'est que un seul papillon
avec les couleurs qui changent,
comme une connasse qui a plein de robes.

Une sangria !

Un bon patron,
il faut qu'il soit psychologue.
Un bon buveur,
il faut qu'il soit psychiatrique.

Trois Ricard pour les mousquetaires !

La France peut pas gagner
des médailles d'or aux Jeux olympiques
avec un président
qui mesure un mètre vingt !

Un bourbon !

Il dit tellement de conneries,
faudrait lui mettre une hotte aspirante.

Une prune !

Je comprends pas pourquoi il est allé
en prison, il a juste tapé sa femme.

Un diabolo caramel !

Le cerveau, il est juste au-dessus
de la bouche, pas étonnant
qu'on pense qu'à bouffer.

Un Bloody Mary !

Le paradis, y a du miel et du raisin,
même pas sûr qu'il y ait de la charcuterie
et des bananes.

Un cognac !

Le suicide assisté, faut pas demander
à un médecin, faut demander à un gars
dont c'est le métier, un suicideur.

Un Vittel cerise !

Mars, ça se réchauffe aussi,
et c'est pas la faute aux bagnoles !

Un Perrier !

Manaudou, c'est encore une gamine,
elle doit avoir un doudou grenouille
en chaussette.

Un saucisson ail beurre ! Un cahors !

Faut leur retirer les aides sociales
aux Ch'tis, avec tout le pognon
qu'ils ont gagné avec le film.

Un armagnac !

Manaudou, elle a commencé
comme une grenouille,
elle a fini comme un bœuf.

Un lait chaud !

Le dalaï-lama, tu le vires du frigo,
tu le retrouves dans la boîte à gâteaux.

Un vichy menthe !

La France vieillit,
alors on a qu'à laisser mourir tout
le monde et on recommence à zéro.

Un chablis !

On a une pilule pour pas avoir de gosse,
on a qu'à faire une pilule
pour pas avoir de vieux.

Une niçoise pichet de rosé !

La Sainte Vierge, on sentirait mieux
sa présence si elle se parfumait.

Un gin fizz !

Les premières merdes en béton qu'on a
eues en Bretagne, c'est les menhirs.

Un Ricard ! Un porto ! Une grenadine !

Le cinéma en plein air, chaque fois,
c'est « Les Moustiques »
d'Alfred Hitchcock !

Un petit chocolat !

Quand tu te fais chier dans la vie,
le futur, c'est déjà de l'histoire ancienne.

Un San Pellegrino !

Chez les pauvres,
y a pas toujours du lait pour les petits,
y a toujours du vin pour les grands.

Un Perrier !

Moi je suis sûr que la mouche à merde
a plus d'ego que l'abeille.

Un Ambassadeur !

Il boit, il boit plus, il a envie,
il a plus envie, il picole comme Manaudou.

Un Vittel violette !

– Une bouteille de rosé à quatre !
– Les gens n'ont plus d'argent.

Un verre de lait froid brioche !

Les Chinois, ils mangent des escargots,
mais ils n'apprécient pas.

Un blagny !

Les Corses veulent être corses,
les Bretons veulent être bretons,
les Marseillais sont marseillais,
y a que les Belges qui veulent
être français…

Un baby glace !

On est devenus des connards le jour
où on a inventé l'assiette plate !

Une poire !

C'est formidable les cheveux blancs,
ça prouve que t'as encore des cheveux.

Un Irish coffee !

Heureusement que la bière ça fait pisser,
sinon, ça ferait exploser.

Un calva pour Tarzan !

Moi, pour faire barrer les jeunes
qui se saoulent sous ma fenêtre,
je fous Barbara à fond !

Un pastis ballon !

Un porto, un Ricard,
une coupe de champagne,
une bière, tu auras pas de l'alcool
dans le sang si tu prends jamais
deux fois la même chose.

Un anjou !

Avec un corps à trente-sept degrés,
toute l'humidité dans les boyaux,
on pourrait avoir de la flore
intestinale tropicale.

Une salade de lentilles ! Une côtes !

Dans la flore intestinale,
il n'y a pas de fleurs, c'est les docteurs
qui disent ça, pour ne pas gêner.

Une coupette de champagne !

Le pastis, le kir, le demi,
le ballon de rouge, le coup de blanc,
le café, le calva, le journal,
c'est le *do ré mi fa sol la si do*
du bistrot !

Une mandarine !

Ce qui est bon dans le hamburger,
c'est la sauce dégueulasse.

Un lait chaud sans mousse !

Moi, je participe à un seul
rassemblement religieux,
c'est les vendanges.

Un chocolat froid !

Dieu, il nous enterrera tous !

Un ballon de saint-émilion !

Faut pas avoir des grosses papilles,
sinon elles t'en bouffent la moitié.

Une bière pour l'homme ! De l'eau pour le chien !

Les gouttes de pluie, elles tombent
les unes à côté des autres, alors que nous,
rien que pour les soldes déjà on se piétine.

Un bandol !

Une femme enceinte qui bronze
sur la plage, pour le gosse,
c'est pareil que s'il est enfermé
dans une bagnole au soleil.

Un demi moitié mousse !

Si tu fais de la chirurgie esthétique,
c'est que t'es moche, alors si c'est raté,
c'est pas grave.

Un jaune !

Un roman de Picasso sera pas plus cher
en librairie qu'un livre de Sim,
c'est pour ça qu'il a fait de la peinture.

Un Jack Daniel's !

Picasso, ils ont fait une voiture,
Van Gogh, ça sera une brouette.

Un verre de mâcon !

Les saumons, ils font des milliers
de kilomètres pour aller pondre,
nous, si on a pas la maternité
à deux bornes, on gueule.

Un crème allongé croissant !

Ça serait mieux si on faisait du muscle
en mangeant, et du gras en courant.

Un chardonnay !

L'escargot sait pas qu'il a un beurre
à son nom.

Un Perrier rondelle !

Pendant des millions d'années t'es pas né,
et quand le compte à rebours est lancé,
il te reste quatre-vingts ans.

Un chocolat liégeois !

Mozart, c'est des notes
qui sont montées en neige.

Un Planters !

On a tourné une heure dans Carrefour
pour trouver le sucre.
Les fourmis, elles trouvent en une minute.

Une mirabelle !

Dans ce bistrot, j'y vais plus,
tu bois, tu bois, tu bois,
tu peux plus partir !
T'es enlisé, comme un nouveau Vietnam.

Une Suze whisky !

La religion où on bouffe le mieux,
c'est les chrétiens.

Un pays beurre cornichons ! Un demi !

J'écris jamais, du coup personne
voit les fautes d'orthographe
que je fais en parlant.

Un Americano ! Un kir !

Dieu, il a créé le ciel et la terre,
la Sainte Vierge, elle apparaît de temps
en temps, et Jésus, il fait quoi ?

Un Ricard double !

On a eu quatre jeunes qui sont morts
en voiture, c'est bien, ça fait parler
un peu de notre région.

Un alsace ! Un croissant !

Moi j'aime bien Paris
quand ça ressemble à Lyon.

Un loupiac !

Toute la journée accrochée au comptoir,
cette femme, dans une autre vie,
c'était une plante grimpante…

Un rhum punch !

En trente ans, on est passés du col Mao
au slip chinois.

Une terrine chevreuil ! Un beaujolais frais !

Je vois pas pourquoi en anglais
c'est smoking alors qu'en français
c'est déjà smoking.

Un Picon bière cacahuètes !

En vacances, je prends pas mon portable,
pour être déconnecté du genre humain.

Un Cointreau !

Un canard qui se pose sur un pédalo,
il est rigolo, alors que nous,
dès qu'on fait quelque chose,
on a l'air con.

Un sauvignon grand verre avec une paille !

Mourir en voiture, ça fait partie
de la sélection mécanique.

Un saint-pourçain !

On est pas un grand pays,
quand une voiture tombe en panne
sur le périphérique,
ils le disent à la radio.

Un rhum ananas !

La terrasse, ça fait vacances,
alors que le comptoir, ça fait boulot.

Une margarita !

Rodin, il faisait pas que la médaille
en bronze, il faisait tout le sportif.

Une Heineken bouteille !

Tu manges chez Rothschild,
y a tellement de couverts,
on dirait une intervention chirurgicale.

Une tomate ! Un perroquet !

Quand on achète tous un truc,
ça fait monter le prix, faudrait rien acheter
du tout pour que tout soit pas cher.

Un pays beurre cornichons ! Un demi !

Pas boire pendant la grossesse,
plus facile à dire qu'à faire,
ça dure neuf mois.

Un café verre d'eau tiède !

Ils sont sous serment, les gens qui lavent
les slips des grands de ce monde.

Un verre d'eau aspirine !

Les rois, ils avaient pas des milliards
de spermatozoïdes comme les pauvres,
ils en avaient un.

Une Marie Brizard !

L'os humain,
c'est grâce au calcium du fromage.

Un Martini rosé !

Le tunnel sous la Manche,
si c'est pour se faire violer sous l'eau,
merci bien !

Un Cacolac avec deux pailles !

Le dalaï-lama, c'est comme en France
si tu disais l'archevêque-lama.

Un thé-moche !

Quand j'étais gamin, je portais mon goûter
dans le cartable à dos d'homme !

Un Perrier menthe !

L'appartement de mes rêves,
c'est un nid d'oiseau.

Un camembert assiette ! Un beaujolais !

Le pire souvenir de l'école,
c'est le prof de maths qui se mouche.

Un rosé ! Un Coca !

Les Japonais, entre eux,
ils se trouvent normaux, ils savent pas
qu'ils parlent japonais, puisque pour eux,
c'est la langue normale.

Un quincy !

Je serais une brosse à dents,
j'aurais peur de mes dents.

Un express !

Quand on se coupe les cheveux,
en fait, on s'enlève de l'ADN.

Un cantal assiette ! Un blanc !

Ils nous foutent des loups
qui attaquent les troupeaux,
on a droit de rien dire !
Eux, une crotte de chien boulevard
Saint-Germain, ils pleurent Delanoë !

Un fœtus !

Sarkozy, le matin, il est à Marseille,
le midi, à Lille,
l'après-midi il est à Biarritz,
le soir, il est à Paris.
La France, c'est grand comme
une boîte à chaussures.

Une piña colada !

Le cyclone Gustave ?!
D'abord, Gustave,
c'est pas un nom de cyclone,
c'est un nom d'âne.

Un café nuage !

C'est un bistrot, que des super picoleurs,
personne bouffe jamais,
ils ont tous le scorbut.

Un chocolat beurrée !

On est un pays de feignants !
En Chine, les syndicats d'initiative,
ils sont ouverts le dimanche !

Une assiette de charcuterie ! Un pichet côtes-de-buzet !

Protéger la nature, je m'en fous,
je mange pas de légumes.

Un verre de bourgueil !

Les profs qui travaillent plus le mercredi
ni le samedi,
ça va pas faire baisser l'alcoolisme.

Une momie !

Le ramadan, ils ont pas le droit de manger
pendant la journée,
nous la Noël c'est pareil, on réveillonne
jamais avant dix heures.

Un café arrosé !

Les Esquimaux se font la bise
avec le bout du nez, si ils mettent les joues,
ils peuvent plus se décoller.

Un porto frais !

Mon mari, quand il revient du café
derrière le cimetière,
c'est vraiment l'outre-tombe…

Une Pelforth trait de Picon !

Le poireau, ça a été ramené du Pérou
par un grand navigateur,
je serais grand navigateur,
je ramènerais pas des poireaux.

Un Perrier citron !

Tout ce bordel pour aller
marcher sur la Lune,
ils ont même pas couché là-bas.

Un Ricard pour les hommes
et tant pis si je me trompe !

Les asticots, ils peuvent
dire merci aux
spermatozoïdes !

Un zombie !

Les spermatozoïdes, les asticots,
ils te font vivre, après ils te bouffent,
c'est la même famille, c'est la mafia.

Un café brioche !

Une mère qui donne la vie,
ça passe pas par agence,
c'est de particulier à particulier.

Un demi ! Une grenadine avec deux pailles !

À Paris, ils font tous du vélo,
ils veulent tous des potagers,
alors pourquoi ils habitent Paris ?

Une bullée !

Le ver de terre, tu le coupes en deux,
il continue à vivre, comme Tapie.

Une roteuse !

Être enfermé dans le ventre
de la ministre des prisons,
c'est pas un bon début pour un bébé.

Un pic pic !

En Allemagne, la bière, c'est considéré comme un légume.

Un kir châtaigne !

Ceux qui s'achètent des cigarettes de contrebande, je leur ferais soigner le cancer du fumeur par des ramoneurs !

À boire ou il tue le chien !

Les vedettes de la télé, on les voit vieillir en direct, peut-être qu'un jour, on les verra mourir.

Un royal framboise !

Moi si je parle pas, j'ai rien à dire.

Un lait grenadine !

En France, on nous colle tout le temps des étiquettes, soit t'es alcoolique, soit t'es drogué…

Une pomme poire !

Les talibans, ils égorgent sans chichis.

Un cantal assiette ! Un chinon !

Les bateaux qui viennent chercher
en France les vieilles machines
pour les amener travailler en Afrique,
c'est l'esclavage à l'envers.

Un Dirty Martini !

La viande grillée, c'est rock.

Une tomate bien mûre !

Elles veulent faire des gosses
à soixante ans. À quatre-vingts ans,
elles voudront faire des chats.

Un express ! Une limo !

Même Einstein il est mort,
comme quoi...

Une mandarine !

À l'armée, tu commences, t'es béret rouge,
tu finis, t'es béret rosé.

Un Cointreau !

Je serai bilingue quand on sera bilangues.

Une Izarra verte !

Si le temps s'arrête,
ça serait bien que ça soit sur midi.

Un Coca Light sans glace !

Le blanc, c'est pas une couleur,
c'est une idée.

Un lait miel !

La nuit, c'est comme l'ombre du soleil
avec un arbre énorme !

Une Suze cassis Perrier !

C'est l'agriculture qui boit le plus,
sans compter les agriculteurs.

Un diabolo citron !

Les huîtres, je sais pas ce qu'il y a dedans, mais c'est bon.

Un noyau d'Irancy !

L'essence, je vais en mettre en bouteilles à la cave, je la revendrai dans vingt ans.

Un sirop d'orgeat !

Elles doivent se taper des bonnes caries aux mandibules, les abeilles.

Une vodka Carambar !

Je mange, je dors, je m'autosuffis.

Une Saint-Yorre !

L'important, c'est la beauté intérieure, comme les tomates farcies.

Un diabolo mangue !

L'islam, ils auraient des clochers, on pourrait leur vendre des cloches.

Un formidable !

Un poisson d'eau douce, tu le mets
dans l'eau de mer, il meurt,
alors que nous on mange les deux,
ça nous fait rien.

Un mètre Ricard !

Y a des routes au Brésil ?

Une coupette framboise !

Moi j'aurais été les Américains
sur la Lune, j'aurais essayé de planter
un noyau de pêche.

Un double anis Gras !

Je m'habille tout marron déguisé
en bout de bois, comme ça si je me perds
c'est mon chien qui me rapporte.

Un café glacé !

L'avenir c'est devant,
le passé c'est derrière,
et sur les côtés c'est quoi ?

Un poulet salade pain de mie ! Une Kriek !

Maintenant, les chiens, ils ont plus
d'endroits pour faire caca que les hommes !

Un verre de faugères !

Bientôt faudra bouffer froid
pour pas faire fondre l'Antarctique !

Un chinon ! Terrine assiette !

Les républiques bananières,
c'est moins pire que les républiques
où y a pas de dessert.

Un muscat glacé !

Je sais pas comment la sève elle fait
pour monter dans l'arbre
alors qu'il y a pas de cœur qui bat ?

Un demi ! Un Ricard ! Une Suze !

La scientologie, que ça soit une religion,
ça me dérange pas, déjà chez nous,
le pot-au-feu, c'était une religion.

Un rosé glaçons !

En France, t'as la rentrée scolaire,
et juste après, c'est la foire aux Vins.

Un vichy menthe !

Un accélérateur de particules,
c'est la course à l'échalote cosmique !

Un demi avec un marc !

On aurait des photos de la naissance
de l'univers, ça se vendrait moins cher
que l'accouchement de Rachida Dati.

Une Suze orange !

La messe en latin,
c'est comme les pâtes en italien.

Un Café de Paris !

Le changement climatique, c'est bien,
comme ça, ça change.

Un rémoulade comptoir ! Un blanc !

Le cerveau, il est enfermé à bosser
dans le crâne toute la journée,
il passe sa vie au bureau.

Un Casa !

Faut jamais manger les champignons
que tu vois chez Walt Disney.

Un igloo !

La chirurgie esthétique, avec un trou du cul
ils te font un œil.

Un café royal !

L'augmentation de la température,
ça fait monter les mers, dommage que ça
fasse pas pousser les montagnes.

Une Izarra verte !

Tous les bois autour de Verdun,
chaque mètre tu trouves un obus,
un os, un champignon.

Un grog !

Sur la Lune, les appartements les plus chers, ça sera ceux où on voit la Terre.

Un café goutte !

Accoucher à la maison,
moi je fais pas le ménage.

Un apéritif maison !

L'Inde, c'est magnifique et y a plein d'aveugles, c'est complètement con.

Une Brugs !

À la place des Twin Towers,
moi je mettrais des charcuteries géantes
pour faire chier les Arabes.

Un Saint James !

Les origines de l'univers, moi,
c'est le matin quand je me lève.

Une bolée de cidre !

La drogue, c'est pas fait pour rigoler,
les mecs vont pas trinquer
avec les seringues.

Un Fanta orange !

Les papes, ils sont tous habillés pareil,
de loin, on peut pas les reconnaître.

Un Alpin !

Vu qu'on est trop nombreux sur terre,
on devrait recevoir un cadeau
quand on meurt.

Un petit Duc !

La tornade qui traverse le village
à cent vingt kilomètres à l'heure, là,
les gendarmes font moins les malins !

Une Smirnoff !

Il paraît qu'on adore l'invisible
et on passe sa vie devant la télé…

Un thé vert à la menthe !

Une femme qui fait du lait, ça fait bizarre, surtout à la ville.

Un Long Island !

L'accélérateur de particules, si ça vous intéresse, venez me voir à la maison quand je fais les poussières !

Un Fanta citron !

La Terre était beaucoup plus grosse au début.

Un panini ! Un Coca !

La machine sur l'origine de l'univers, c'est encore nous le contribuable qui paye !

Un Cardhu !

Le Tibet, c'est montagnard, d'ailleurs, dalaï-lama, ça fait tyrolien.

Un demi pêche !

Accélérer une particule,
y en a qui se fatiguent pas trop…

Un Talisker sans glace !

Si le pape te bénit et que tu as mangé
des moules, les moules elles sont bénites.

Un lait cerise !

La loi de la nature, quand y a qu'un arbre,
un décret ça suffit.

Un quart Vittel !

Les handicapés sont assis
dans leur fauteuil,
ils sont pas cloués !

Un Glenkinchie !

J'aime pas ma mère, quand elle va mourir,
le travail de deuil, je ferai un CDD.

Un galop panach !

Le pape à Paris, ça vaut pas la tour Eiffel,
tu peux pas manger dessus.

Un Glenfiddich !

Le portable donne le cancer,
pour tuer quelqu'un, y a qu'à téléphoner.

Un Earl Grey !

Les avions volent plus à cause du prix
du pétrole, même les oiseaux
vont plus voler à cause du prix des miettes.

Une limonade rondelle de citron !

La Sainte Vierge apparaît toujours
à Lourdes, c'est comme nous,
on va toujours camper à la pointe du Raz.

Un New York !

J'aime pas quand les gens parlent anglais,
on comprend pas les conneries
qu'ils disent.

Un Vittel cassis !

Les arbres l'hiver, on voit que les os.

Un Black Russian !

Le poisson le plus gras,
c'est pas le saumon,
c'est la sardine à l'huile.

Un goudron !

La musique arabe,
c'est comme nous l'accordéon.

Un kirsch !

Le ver à soie, il doit pas beaucoup
parler aux autres vers.

Un croque-madame ! Un demi !

La Caisse d'Épargne, c'est un écureuil,
le Crédit Lyonnais, c'est un petit lion,
chaque fois qu'ils veulent nous enculer,
ils mettent une peluche.

Un verre de vouvray !

Jésus, en slip, on le reconnaît,
alors que le pape en slip,
on voit plus que c'est un pape.

Une poire verre givré !

L'oiseau, il a un seul nid,
il a pas un autre nid pour le week-end.

Un café à emporter !

Ça fait pas grossir de boire beaucoup
si tu bois debout.

Un jambon gruyère ! Une Carlsberg !

Les écoles pour aveugles, au moins,
ils perdent pas leur temps à regarder
par la fenêtre.

Un café mouillé !

C'est con qu'on puisse pas échanger
la pluie contre le pétrole.

Un armagnac ! Un bout de gruyère pour le chat !

Le vieux réveil, il peut s'en prendre qu'à lui-même !

Un jus d'ananas glace pilée !

La banquise va disparaître à cause des voitures alors que c'est le seul endroit où y a pas de bagnoles.

Un kir pêche de vigne !

Le plus difficile, c'est pas de peindre un beau cheval, c'est de peindre un beau crottin.

Un café pot de crème !

Un boucher qui sifflote, pour moi c'est de l'argot.

Un amaretto !

C'est autour des villages où y a des vieux qu'on trouve des champignons.

Un Ricqlès !

Les sportifs, ils bouffent dix fois
plus d'oxygène que tout le monde,
faudrait les taxer comme les 4×4.

Une grappa !

Rester neuf mois
dans le ventre de ma mère,
je pourrais plus le faire maintenant.

Une choucroute comptoir ! Un formidable !

Les agriculteurs nourrissent la planète,
mais la vaisselle, c'est nous.

Un Get 27 !

Il faut un balcon pour secouer la salade,
et ça, les architectes, ils y pensent pas.

Un diabolo myrtille !

Si l'homme disparaît de la planète,
tout le pognon ira aux animaux !

Un indien !

Les gens qui meurent de faim,
tu les nourris, du coup ils meurent
d'autre chose.

Un Vittel menthe glaciale !

Un bébé, ça crie dès que ça sort,
encore heureux que ça crie pas avant.

Un Pink Banana !

La terre qui se réchauffe de trois degrés,
c'est pas ça qui va faire bouillir le cosmos.

Un flamant rose !

L'avantage de l'alcoolisme, tu sais toujours
quoi faire de tes journées.

Une Thonon !

Pour les mots, l'ordinateur,
c'est la caserne.

Un Baileys !

C'est pas à la recherche qu'il faut donner de l'argent, c'est à la trouve.

Un Ricard fraise !

Faut se faire incinérer pour que les asticots mangent chaud.

Un grand crème pain au chocolat !

La terre entière ça doit peser lourd, déjà, quand on soulève un pot de fleurs…

Un Clan Campbell !

Ce qui serait bien pour nous
c'est que les Chinois
deviennent comme nous.

Une Spaten !

Finis ton verre !
On est pas des milliardaires.

Un diabolo mangue !

À l'époque, ils avaient plus d'avenir
que nous.

Un Malibu !

L'alzheimer, déjà si tu sais l'écrire,
c'est que t'es pas malade.

Un Coca Light ! Un déca sucrettes !

La rentrée scolaire, les plus contents,
c'est les poux.

Un Get 31 !

Ah ! moi ! si je peux choisir,
je préfère une fuite nucléaire
que une fuite de gaz.

Un communard !

Les Martiens, ils sont verts,
ceux des autres planètes,
on connaît pas la couleur.

Un same thing !

Chaque fois qu'on a un soldat mort,
les parents veulent aller voir où il a été tué,
en 14-18, il en aurait fallu des cars !

Un jambon beurre ! Un demi !

La vie, au début elle est bonne
mais après elle est froide.

Un bock blanche !

Les paysans, c'est quand même eux
qui font le plus chier la terre !

Un diabolo banane verte !

Avec mon chien, on se comprend,
même si y a la barrière de la langue.

Un petit blanc ! Un grand noir !

Les seuls esprits de la forêt
qu'on a en France,
c'est les mecs de l'ONF.

Un kir pêche de vigne !

Je veux bien prendre les transports en commun mais dans mon train personnel !

Une framboise alcool !

Maintenant, le mec que tu vas traiter de plouc, faut lui donner une subvention.

Une Record !

C'est marqué « Pelouse interdite » et ils en mettent quand même…

Un Gini !

Jamais je bois du vin en carafe, j'aime pas le pinard en civil.

Une Affligem !

L'accélérateur de particules, faut pas être bien gros pour monter là-d'dans.

Un verre de monbazillac !

Le franc, l'euro, pareil, ça finit en vaisselle de poche.

Un saint-nicolas-de-bourgueil !

La scientologie, c'est une religion,
ils te clouent le carnet de chèques
sur la croix.

Un sancerre rosé !

Y picole tellement,
il a des abdos sur la glotte.

Un savoyard !

Avant de naître,
c'est comme si on avait été mort,
sauf qu'on sait pas
où on a été enterré avant.

Un montagnard !

Les pédés ont pas la pomme d'Adam,
ils ont une poire.

Un cendrillon !

Un enfant dans le ventre, un jour,
on y mettra la chambre avec.

Une caïpirinha !

Les sirènes, elles doivent en avaler
de l'eau de mer quand elles chantent !

Un demi pour Elvis !

La Bourse, pareil,
c'est une banquise de pognon qui fond.

Une terrine chevreuil comptoir ! Un brouilly !

Moi, je travaille quand je dors,
je suis dormologue.

Un tavel !

L'homme a évolué,
c'est sûr qu'on conduit mieux
que les hommes préhistoriques.

Un verre de gaillac !

T'as pas de la poire !
T'as pas de la mirabelle !
T'es pire que le Louvre
quand c'est fermé !

Un demi beaucoup de mousse !

– Un animal con,
c'est pas la même connerie
qu'un homme con,
comme un champignon qui est con,
c'est pas un chat qui est con,
la connerie change avec l'espèce,
c'est plein d'espèces de cons !
– Toi t'es con.

Un Martini rouge ! Un Martini blanc !

Toute la journée il boit dans son jardin,
il a la main verte et le nez rouge.

Un jaune ! Un rosé !

Des milliards de milliards de dollars
évaporés dans l'air, et ça sent moins
que quand on fait cuire un chou-fleur.

Un chocolat ! Une beurrée !

En face des mosquées, t'as pas un bistrot
pour boire un coup après la prière.

Un verre de cidre !

Le savon de Marseille, à Strasbourg,
il lave rien.

Un café au lait au lit !

Une usine Ricard,
c'est quand même moins joli qu'une vigne.

Un verre de bandol !

« La France vue du ciel », franchement,
c'est un photographe qui aime pas
beaucoup marcher !
– Les photos de Doisneau,
c'est « La France vue des pieds ».

Un fromage de tête ! Un mâcon !

C'est le chômage
qu'on devrait apprendre à l'école !

Un mojito !

Les inondations en Inde,
comme ils vivent dans la rue,
ils n'auront pas un mètre d'eau
dans la cuisine.

Une vodka bison !

Quand on aura des voitures qui se conduisent toutes seules, moi je la laisserai pas sortir conduire toute seule le soir.

Un tango ! Un indien !

Ça nous ferait plus à manger si les poules étaient en bois et les arbres en viande.

Un verre de crépy !

Sur un tableau de Picasso, un tout petit détail, déjà c'est cher.

Un Blue Lagoon !

Il est constipé, depuis huit jours, il nous fait sa crotte balsamique.

Une tartine rillettes ! Un saint-amour !

Il faut fumer dehors,
après on nous servira sur le trottoir,
ils auront plus qu'à fermer la porte,
c'est comme ça qu'on nous fout à la rue !

Deux côtes-de-provence !

On est un vieux pays,
quand un satellite passe au-dessus
de la France à 20 heures,
ça sent la soupe.

Un pastis avec des chips !

Tu donnes la vie,
quinze ans après,
elle veut plus manger à table
avec ses parents.

Une Tuborg ! Un Pschitt citron !

La retraite, faut se la prendre
quand on est jeune, parce qu'après,
on sait pas…

Un sec beurre pain Poilâne ! Un demi !

Ségolène Royal,
tu lui installes une ampoule,
ça te fait une lampe Sainte Vierge
qui s'allume.

Deux perroquets ! Une tomate !

Pour cacher nos économies,
pas besoin de les enterrer dans le jardin,
nous, un pot de fleurs, ça suffit.

Un Perrier Suze ! Une Suze cassis !

Dans mille ans,
à cette heure-là, il sera midi.

Un Picon rondelle !

S'ils nous donnaient à nous tous
les milliards de milliards qu'ils donnent
aux banques, on serait tous riches,
et en plus, le pognon,
on le mettrait à la banque !

Un camembert beurre ! Un beaujolais !

J'aime bien ce café, même pour les mecs
de merde, ils te font l'accueil ministériel.

Un Ambassadeur pour le diplomate !

La mafia, c'est la pieuvre, la camorra,
c'est la sole.

Un beaujolais assiette ! Un ballon de pâté !

Les assurances, on peut les supprimer,
de toute façon, ils remboursent jamais !

Un vichy menthe !

À quatre-vingt-cinq ans, il fait encore
son potager, mais sa fatigue elle tombe
sur les légumes, plus rien pousse.

Un White Russian !

Marcher sur la Lune, tu parles,
presque tout le temps, ils sont restés assis.

Un café ! Un cognac !

Tu coupes la viande, tu mets de la
moutarde, tu mets le bout dans la bouche,
tu mâches, tu regardes ton assiette,
tu prends du pain, tu bois, tu manges
une frite, c'est du zapping !

Un chocolat froid ! Un kir !

Quand le livre est écrit gros,
c'est comme quand ça parle fort.

Une coupe Krieg !

Quand on donne son corps à la science,
il faudrait qu'on puisse choisir
à quelle science.

Trois ballons pour les footballeurs !

Ça coûterait moins cher en avions
de construire une tour Eiffel en Chine
que d'amener les Chinois à Paris.

Une beurrée des deux côtés !

En premier, t'es décédé, t'es plus vivant,
mais c'est seulement une heure après le
décès que quand t'es froid t'es mort.

Un kir pour l'homme ! Un verre d'eau pour le parapluie !

Pour punir les banquiers,
faudrait que la crise financière,
ça leur fasse mal aux dents.

Un grand lait bien chaud rhum !

Comment il prépare la viande ce boucher,
c'est un chirurgien esthétique !

Un kawa-zaki !

Le bifteck haché, une vache y retrouverait
pas son veau…

Un café calva !

Une girafe, ça fait cinq étages de haut,
quand elle pète,
elle dit que c'est le voisin du dessous.

Un verre d'chignin !

Incinéré, c'est trop, ce que je voudrais,
c'est juste bouilli.

Un chèvre chaud ! Verre de sancerre !

J'arrête de boire, je grossis,
j'arrête de fumer, je grossis,
je suis sûr que si j'arrête de bouffer,
je grossis.

Un génépi !

J'ai tellement pas beaucoup d'argent
à la banque que le CRAC boursier
ça va faire même pas CRIC.

Un Duval avec des olives !

J'ai un copain à Moscou, le seul truc qu'il trouve pas, c'est du Picon.

Une Avèze goutte de grenadine !

Normalement, on a pas le droit d'être expulsés du paradis en hiver.

Un demi sans mousse !

Les pires bonnes femmes chez Picasso, c'est celles qui sont à poil.

Une choucroute comptoir ! Un formidable !

La vraie révolution numérique, ça serait le SMIC à trois mille euros !

Trois babies pour la banque !

Un jour, tout le monde a envie de mourir, mais à la fin, personne veut crever.

Un rosé géant !

Le bois mort, on l'enterre pas, on l'incinère…

Cinq demis !

Dans mon bureau, j'ai une grande bouteille de bière taille humaine mais gonflable.

Un rhum blanc !

À l'époque préhistorique,
y avait des pissenlits géants,
ils se faisaient des salades géantes
avec des lardons géants...
moi je dis ça mais bon...

Un grand pichet beaujolais frais ! Trois verres !

– T'es garé où ?
– Où je suis garé, ça veut rien dire.

Un kir violette !

Le journal que tu lis le matin,
faut que ça sente le café et l'encre.

Une orange pressée du marché !

Les infos à 20 heures,
ça laisse toute la journée pour
qu'il se passe des choses dans le monde.

Un chocolat chantilly !

Si l'obésité ça vient des glandes,
on a qu'à greffer des glandes
aux affamés.

Un café frappé !

L'année à venir, c'est de la glace,
l'année écoulée, c'est de l'eau.

Un vin chaud au pain d'épice !

Dès la fin de l'été, je me prépare
mentalement au kir à la châtaigne…

Un apéro maison !

Si la jeunesse c'était une île,
tous les riches auraient des villas,
et nous, on nous coulerait les barques !

Un Ricard cahuettes !

Si tu bois de la bière sans alcool,
ça fait encore plus alcoolique.

Un jambon cru assiette ! Un juliénas !

Attila, son soldat qui avait pas mauvaise haleine, il lui coupait la tête !

Un pic pic mûre !

La mauvaise haleine, c'est pas pire que les cheveux sales !

Un blanc ! Un rouge ! Un rosé ! Un jaune !

La faim dans le monde, pour les associations, ça fait du grain à moudre.

Un vin chaud ! Un blanc frais !

Le thon rouge, t'en trouves plus, c'est pire qu'une réserve d'Iroquois.

Un demi fraise !

Quand tu maigris, c'est comme si tu te manges toi-même, mais tu te fais pas caca.

Un moulin-à-vent !

Le jour, la Terre tourne autour du Soleil, la nuit, elle tourne autour de la lampe.

Une terrine assiette ! Un santenay !

– Faut être à jeun.
– C'est des conneries ! Va pas à la prise de sang comme ça, prends un digestif.

Une côtes-de-buzet !

Je pourrais pas être une télé,
j'aime pas qu'on me regarde.

Un demi ! Un bock ! Un kir !

J'arrache les mauvaises herbes,
des fois au milieu j'en ai des bonnes,
ça fait pas une grosse bavure policière.

Une Suze citron !

– Lui, toujours le verre de rouge
à la main !
– Qui se ressemble s'assemble.

Un café maritime !

Moi, la rigolade, ça me fait pas rire !

Un grand calva !

L'argent est volatil ? L'argent est volatil ?
Eh ! oh ! Moi, ma paye, c'est pas du gaz !

Un monaco sans impôts !

Faudrait pas grandir,
c'est quand on grandit qu'on grossit.

Un café !

Les gosses qui jouaient à faire des bulles
de savon, c'est les mêmes qui jouent
à faire des bulles financières…

Un petit rosé !

La Bourse, ça monte, après ça descend,
ça remonte, après ça redescend… Nous ?
On descend, après on redescend,
on descend, et on redescend !

Une noisette !

La machine qui fait le bonheur de l'homme ?
Déjà, le marteau, on est pas sûr…

Un sauvignon pas frais !

C'est plus pour Dieu que pour moi
que j'y vais à la messe.

Un lait chaud tartine ! Un demi !

– Si ça refait comme la crise de 36,
faudra des brouettes de billets
pour aller acheter un pain !
– Ça tombe mal, j'ai pas de brouette.

Un alsace !

Lundi noir à la Bourse,
vendredi noir à la Bourse,
semaine noire à la Bourse,
les jours noirs à la Bourse,
bientôt, ils vont nous faire croire
qu'ils sont mineurs !

Un galop !

Les Chinois, c'est une civilisation
qui date de plusieurs millénaires,
c'est pour ça qu'ils ont plein de centenaires.

Un blanc limé ! Un marc !

Les W-C publics, bientôt,
on nous dira que c'est interdit d'uriner
parce que c'est un lieu public !

Un calva !

C'est difficile de travailler plus pour
gagner plus dans une usine qui ferme.

Une noisette tartine ! Un rosé !

L'oiseau qui vole, il se dit pas :
« Putain ! je suis en forme,
aujourd'hui je supervole ! »

Un panaché bien blanc !

Avec le changement d'heure,
à 3 heures cette nuit ça sera 2 heures,
si tu meurs à 3 heures,
tu seras déjà mort depuis une heure.

Un déca !

Paris, c'est pas la ville lumière,
c'est la ville ampoules, la ville lumière,
c'est Marseille !

Une côtes !

À Paris, c'est la garde républicaine,
dans les petites villes en province,
c'est la garde municipale, et à la campagne
derrière la maison, c'est le chien.

Un noir orange press !

Ils ont construit les villes nouvelles
comme on plante un champ de maïs,
tout en même temps !

Un café ! Un marc ! Un demi !

Tous ces gens qui dorment dans les rues…
on a qu'à faire des toits aux rues.

Un sauvignon ! Un kir !

Les marins ça boit beaucoup,
même juste en mettant un pull marin,
on boit beaucoup.

Un marc !

Je picole en partenariat avec moi-même…

Un ballon d'alsace !

Avec mon mari
on a voulu faire chambre d'hôtes,
on avait que des couples d'alcooliques,
pinard d'hôtes c'était !

Un café rhum !

L'architecte,
pour inventer mieux que la porte
pour entrer et la fenêtre pour regarder,
il peut se lever de bonne heure !

Un ballon de rosé !

Toute l'électronique
qu'on met dans les moteurs,
c'est plus de la mécanique
qu'on fait,
c'est de la psychomotricité.

Un blanc de Savoie !

Je suis sûr que le vin rouge,
ça fait moins rougir que le vin blanc.

Un crème pain au chocolat !

– Le vieux se branlouillait à l'hospice
devant deux vieilles, elles applaudissaient,
encore ! encore ! Quatre-vingt-cinq ans !
Elles riaient !
– L'alzheimer, on oublie pas tout.

Un monaco ! Un indien !

On a un nain président de la République,
je vois pas pourquoi on aurait pas un Noir !

Un Orangina vodka !

La retraite à soixante-dix ans, si tu meurs
à soixante-quinze ans, c'est bien,
t'as pas trop le temps de t'ennuyer.

Un quart Vittel !

Paul Eluard, pour moi, c'est des gymnases.

Un Citror ! Un galop !

Les gens de la télé mangent
les gens de la télé, comme les poissons
qui mangent la farine de poisson…

Un crème sans mousse ! Un Coca !

Tout le pognon perdu à la Bourse,
si on le trouve, il est à nous ?

Une Heineken ! Une Tuborg !

Il est mort hier, à quatre-vingt-douze ans,
aujourd'hui c'est un jeunot de mort
d'un jour.

Un porto blanc !

Ça serait chiant si quand on parle,
ça serait des cloches qui sonnent.

Un lait fraise !

Dieu aime jouer avec sa perceuse,
rien que la tête, on a sept trous.

Un Ricard !

L'immigration choisie, si c'est moi,
je garde que les Auvergnats.

Une Pelforth brune !

Johnny Hallyday, il est né dans la rue,
mais il a pas dit quelle rue.

Un kir framboise ! Une Suze !

Le bébé qui vient de naître,
c'est plus un fruit de mer qu'un humain.

Une griottine !

J'ai eu quatre enfants,
deux qui sont à la poste, le plus grand
il travaille à la SNCF et la dernière,
elle est policière,
j'ai un ventre à casquettes.

Une trappiste ! Un jus d'abricot !

Un président américain noir,
manquera plus qu'un Jésus tibétain…

Un crème !

Quand y aura plus de moineaux dans Paris,
qui c'est qui mangera les miettes ?

Un Martini gin !

On a bu douze apéritifs, c'est ce qu'on appelle l'alexandrin de comptoir.

Un guignolet !

Darwin ?! Qu'il s'évolue déjà lui-même avant d'évoluer les autres !

Un brouilly !

Si on habite sur la Lune, c'est un pharaon qu'il faudra mettre comme chef.

Une Avèze ! Un pain au chocolat pour le gosse !

La Terre tourne,
c'est pour ça qu'on s'emmerde.

Une Suze cassis !

Quand t'es aveugle, t'entends mieux,
quand t'es sourd, tu vois mieux,
à ce compte-là, faudra être con
pour comprendre mieux.

Un rivesaltes ! Un Pernod !

Van Gogh, quand il buvait du vin rouge,
il rougissait, il ne bleuissait pas,
malgré qu'il était peintre.

Un indien !

Dix minutes, c'est pas deux fois cinq
minutes, c'est vingt minutes moins
dix minutes, pour moi, je parle…

Un Berger blanc ! Un demi ! Un Pepsi rondelle !

France, pays des fromages, façon de parler,
t'en as pas partout, comme Égypte,
pays des pharaons, t'en as pas partout.

Un Ricard ! Un Schweppes !

Le Ricard fait partie de la famille
des blancs.

Un thé à la menthe ! Un sirop d'orgeat !

La girafe, elle a un grand cou pour aller
manger les feuilles en haut des arbres,
elle a évolué comme ça, sinon, la girafe
qui a évolué pour la salade, c'est l'escargot.

Une pomme poire ! Un demi !

La cybercriminalité, la pédopornographie,
Jack l'Éventreur aujourd'hui, il lui faudrait
un abonnement à Orange.

Un Viandox vin blanc !

Un président américain pour les États-Unis,
moi ça m'épate pas.

Une blanche !

C'est pas normal d'aimer le vélo
quand on a une pompe cardiaque.

Un tango panach !

Aux organes des sens de l'homme,
tu peux rajouter le klaxon.

Une crème de cassis !

Pour le jour, une crème de jour !
Pour la nuit, une crème de nuit !
Pour Francis, une crème de cassis !

Une Jenlain !

Si t'es vraiment amoureux, ta lettre d'amour elle arrive même sans le timbre.

Une Carlsberg ! Une Leffe !

Einstein, c'était pas de la matière grise normale, c'était du gris métallisé.

Un Coca ! Un jus de raisin !

En France, on a même pas un crémier qui est noir, alors un président !

Un lait de poule !

Avec la retraite à soixante-dix ans, si t'es chômeur, t'es chômeur jusqu'à soixante-dix ans.

Un Canada Dry ! Une Tuborg !

On va finir par regretter les Allemands à force de se battre que contre les Arabes.

Une Adelscott !

La retraite à soixante-dix ans... même la retraite de Russie, ils ont fini plus tôt.

Un Duval !

Un Noir qui est président de tous les citoyens, normalement, il a plus le droit d'être noir.

Un bock blanche !

– Les Noirs avaient pas le droit de prendre le bus avec les Blancs, à peine cinquante ans plus tard, ils élisent un Noir !
– Remarque, si tous les Noirs sont présidents, ils les auront pas dans le bus.

Un jus de poire !

– J'ai rêvé que je distribuais du courrier.
– T'as pas le droit, t'es pas facteur.

Deux coupettes !

Aux États-Unis, ils ont des Noirs capables de devenir présidents, alors que nous, en France, on a que des Noirs normaux.

Un cidre doux !

La radio, tu peux l'écouter en regardant le ciel, alors que la télé, tu peux l'écouter qu'en regardant la télé.

Un Pernod !

Un copain de comptoir, c'est comme si moi je suis un chien et que j'ai un copain chien.

Une double tomate ! Un perroquet !

Martin Luther King, il doit se retourner dans son rêve.

Un jus de fraise !

Le mari, il a bu le verre de sa femme, et la femme, elle a bu le verre de son mari, c'est la guerre civile !

Un Bloody Mary !

Un bistrot qui s'appelle Le Labyrinthe, tu peux prendre ton duvet.

Un baby !

14-18… 39-45… une date qui serait bien comme guerre aussi, c'est 17-21.

Un porto ! Un Coca !

– On mange quoi à midi ?
– De la merde en bâton !
– Ouaaaaais ! avec des frites !
– Y m'énerve ce gosse ! Y m'énerve !

Une Suze cassis !

Le Noir, aux États-Unis, il peut être éboueur, il peut être président, il sait tout faire.

Un banyuls !

Le serpent, après cinq kilomètres à pied, il a mal au bide.

Un cahors !

À la SNCF, soit ils sont en grève, soit ils sont en panne, pareil que les profs.

Une Kriek !

Marc-Olivier Fogiel,
c'est le fils de Franz-Olivier Giesbert ?

Un thé glacé !

Le seul moyen de s'en sortir pour
les Noirs, c'est la boxe, le foot,
ou président des États-Unis.

Un crémant !

On se demande ce que les pigeons
foutent gare de Lyon,
y en a pas un qui a une valise.

Un lait coco ! Un demi caramel !

Je préfère laver la voiture à l'eau potable,
on ne sait jamais, avec les enfants,
on monte dedans.

Un chablis !

Tu tues le cochon, tu le découpes
pour faire la charcuterie,
c'est la super autopsie gourmande !

Un montée-de-Tonnerre !

Barack Obama, c'est pas Sarkozy,
le soir de l'élection, il a pas foncé
au Fouquet's bouffer avec Barbelivien
et Doc Gynéco !

Un Cinzano glace !

Les hommes préhistoriques ont laissé
les silex taillés, nous, on laissera
nos portables.

Un bourguignon ! Un Ricard !

Les Américains, ils finiront par choisir
l'euro, comme nous.

Un Americano !

Y a rien qui tient, on est passés de l'âge
de pierre à l'âge de l'élastique !

Un gin !

0,5 de croissance par an,
n'importe quel bébé fait cent fois mieux !

Un rhum coco ! Un Cacolac !

Combien ça gagne un mec qui marche
sur la Lune ?

Un lait froid !

C'est le pétrole dans le sol qui fait tourner
la Terre, quand y aura plus de pétrole,
la Terre tournera plus !

Un Casa ! Un rosé !

Après cinq ans d'hôpital, si je meurs,
je me fais pas incinérer moi, je me fais
enterrer pour sentir la terre fraîche !

Un Picon !

– C'est férié, c'est l'armistice de 14-18…
– Tout est prétexte ! Et les guerres
de Napoléon, y a pas de vacances ?

Un abymes !

Monet, c'est la cataracte,
Van Gogh, c'est la tremblote.

Un chignin ! Une Heineken !

Avec la retraite à soixante-dix ans,
on va en avoir de l'alzheimer qui conduit
le bus !

Un chocolat chaud !

Internet, moi je surfe pas loin, je vais que
au site de la mairie.

Deux blancs !

Les Noirs, oui, mais les Algériens,
c'est pas des gens de couleur,
c'est des Arabes.

Un croque provençal ! Un rosé !

L'eau qui court, elle est pas plus musclée
que l'eau qui dort.

Un grand rosé !

Je comprendrai jamais les alcooliques,
il fait beau, y a du soleil,
personne est saoul !

Une gentiane !

Le big bang, c'est du pétrole qui était dans l'univers qui a touché le Soleil.

Un perroquet !

Le naturisme, t'es à poil dans la nature, le nudisme, t'es à poil au restaurant.

Un thé au lait !

Dans les veines, j'ai deux tiers de sang breton et un tiers d'alcool breton.

Un kir mûre !

6 heures, 17 heures,
c'est quand on travaille dedans,
6 heures du matin, 5 heures du soir,
c'est quand on travaille dehors.

Une Pelforth blonde ! Une blanche !

Les larmes qui sont salées, c'est pas malin de les avoir mises dans les yeux.

Un muscat !

Le spermatozoïde, quand il est dans le petit réservoir de la capote, c'est comme Di Caprio à l'avant du *Titanic* !

Une feuille morte !

Septembre 2001, les tours qui s'effondrent, septembre 2008, la Bourse qui s'effondre, septembre, c'est pas un bon mois pour les Américains.

Un Vittel fraise !

Les confitures, c'est de la bise écrasée.

Un Sandeman !

C'est un chien qui se regarde tout le temps dans la glace et il se lèche les fesses, on l'appelle Alain Delon.

Un listretto !

Le SDF, il a pas un livre, il a un chien de chevet.

Un alsace long pied !

Les gosses de la DDASS qu'on mettait à la campagne dans les fermes, c'était violés nourris logés !

Une Jenlain !

Les Américains, ils ont un président noir, et alors ? Les Chinois, ils ont un président jaune, on en fait pas un plat !

Un kir ! Un demi !

À l'époque d'Adam et Ève, le bouche-à-oreille, ça allait pas loin.

Un Hennessy !

Dix ans dans le coma, c'est comme une grève à Orly, l'âme elle attend de monter au ciel en regardant les panneaux d'affichage !

Un Campari !

Les jeunes, ils s'emmerdent partout, les vieux, rien que la tombe de De Gaulle, ils se régalent.

Un Pastis !

Sarkozy, il pense pas avec le cerveau,
il pense avec l'os du crâne.

Une Kriek !

MacDo, c'est un peu Sollers, tout le monde
dit qu'il est nul, mais il est partout.

Une pinte Guinness !

La matière grise, on dirait des œufs
d'escargot.

Un déca ! Un jus de poire !

Le sumo, c'est bien, c'est un sport
où tu bouffes comme une vache.

Un Ricard !

Nous la main-d'œuvre,
on est plus grand-chose dans le monde
du travail, on est du hors-d'œuvre.

Un Baileys !

La révolution intérieure, moi je bouffe une tonne d'ail pour disperser les manifestants !

Une Mort Subite !

Bach, ça se prononce, Barrrrrrr !
J'adore la musique de Barrrrrrrr !

Une Desperados !

Le spermatozoïde,
c'est difficile de le ramener chez lui
quand il a quitté le pays.

Un Bisquit !

La montagne, j'aimerais bien savoir
ce qu'il y a en dessous.

Un bock Heineken !

14-18, c'est une boucherie qui servait
à rien, on enterrait la viande.

Un lait chaud ! Un Negrita !

– On aime pas la guerre, mais c'est triste
à dire, en temps de paix,
les gens s'ennuient.
– Moi je fais du vélo.

Un vin de noix !

Je suis citoyen du monde, mais
pour les impôts locaux, je suis locaux.

Un blanc !

Une trace de pas, c'est souvent plus beau
qu'un pied.

Un 51 !

Le TGV, il fait du trois cent cinquante
crises de nerfs à l'heure tellement
il roule pas !

Une Beck's !

Quand c'est des chiottes à la turque,
personne bouquine.

Un serré !

Entre deux battements de cœur,
on est mort ?

Une Suze cassis !

Le moteur à eau, si il a bien roulé toute
la semaine, le dimanche midi,
on lui donnera un peu de vin.

Un demi !

Le virus de la grippe, le jour où il croise
le virus du sida, il rase les os, le mec.

Un Orangina !

Ils installent des éoliennes mais y a pas
de vent, vous verrez qu'un jour
ils rajouteront des ventilateurs !

Une Tourtel !

On aurait les os en ivoire, les crève-la-faim
vendraient leurs os.

Une prune !

Quand le sage montre la Lune, l'imbécile regarde pas le doigt, il regarde la télé.

Un perroquet !

La lumière, c'est une bonne idée.

Un kir framboise !

Le 11 novembre, c'est triste comme date pour fêter la fin d'une guerre.

Un café verre d'eau !

Le gaz français, ça fait des flammes bleues, le gaz arabe, ça fait des flammes vertes.

Un diesel !

Je parle avec les mains, surtout quand j'ai bu avec la bouche.

Une Jupiter !

Si tu pètes et que ça fait pas de bruit, que ça sent rien, je vois pas pourquoi tu pètes.

Un Perrier rondelle !

Avec le voile,
toutes les Arabes se ressemblent,
c'est comme nous au ski avec le bonnet.

Un express !

Un légume qui fait bien coma,
c'est le navet.

Une Bacchus !

– Il avait caché un euro
dans l'oreille
de son nounours.
– Le nounours, c'est le premier
paradis fiscal.

Une Amberley !

Les maisons de retraite,
c'est pas des hôpitaux,
tu ressors pas guéri
de la vieillesse
après trois semaines de soins.

Un lorrain !

Des milliards de milliards qui disparaissent à la Bourse… même moi, ce matin, au moment de payer le pain, y me manquait deux euros.

Une Export !

La dérive des continents, ceux qui ont des maisons juste au bord, j'espère qu'ils sont bien assurés !

Une assiette jambon cru ! Un beaujolais frais !

À la maison, on a toujours fait comme tout le monde, c'est pour ça qu'on est dans la merde comme tout le monde.

Une 1664 !

Aveugle, c'est normal que tu sois bon musicien, alors que sourd, je vois pas le rapport avec grand peintre.

Une verte du Mont-Blanc !

On fait de l'alcool avec tout, même avec les chaises ! Mais après, faut rester debout.

Un café royal !

Jankélévitch ! branleur de mouches !

Un Palladium !

Un marin qui regarde un grand arbre,
il voit des voiles.

Un Matador !

Rilke aurait eu le portable, on lirait les
« SMS à un jeune poète ».

Une Belle-Vue !

Ségolène Royal, elle se prend pour la
raccommodeuse des chaussettes du Christ !

Un Zorro !

C'est dans les villes bombardées qu'on voit
le mieux les papiers peints.

Une canebière !

La FAIM justifie les moyens !

Un Pago fraise !

Ils ferment les cafés,
un jour, ils fermeront les chenils !

Une tomate !

Un grand Noir pour un grand pays,
nous on a un petit Blanc
pour un petit pays.

Un beaujolais nouveau !

Obama, si il réussit, c'est un Noir métis,
si il rate, c'est un Noir nègre.

Un beaujolpif !

Les minorités visibles, si ça se trouve,
y en a plein à la radio qu'on voit pas.

Un nouveau !

Ils l'auraient construite en Auvergne,
Venise s'enfoncerait pas dans l'eau !

Un jolijolais !

Sur la Lune, c'est le dimanche après-midi multiplié par mille toute la semaine.

Un pif !

Obama, il fera toujours moins noir en président qu'en boulanger.

Un beaujo !

Les défilés de la garde républicaine, c'est grandeur et crottin.

Un bobo !

Le Parti socialiste, tu le confies à deux bonnes femmes, il existe plus.

Un jojo !

Le poulet fermier, faut pas qu'il se plaigne, il a une maison.

Un pignouf !

– Le sida, c'était les pédés,
maintenant c'est tout le monde !
– Tenez, la moustache,
c'était tout le monde,
maintenant c'est les pédés.

Un beaujol !

Capitalisme ! Communisme !
Pognonisme !

Un lailais !

Neuf mois pour un bébé, ça fait moins
d'attente que pour une Ferrari.

Un lolo !

– Le saumon, il retourne où il est né
pour pondre.
– Moi je suis breton, quand je retourne
là-bas c'est pas pour pondre,
c'est pour manger des crêpes.

Un jus de banane !

Une plante qui est dans le coma,
vous pouvez l'arroser comme ça des années
sans vous rendre compte
qu'elle est devenue un légume.

Un beaupaslaid !

$E = mc^2$, financièrement,
c'est pas le Coca comme invention.

Une Pelforth brune !

Van Gogh, il est pas mort dans la misère,
il a vécu dans la misère
et il est mort normal !
Picasso, il est pas mort dans la richesse,
il a vécu dans la richesse
et il est mort normal !

Une Évian !

Ils donnent des milliards d'euros
aux banquiers, moi j'ai regardé mon compte,
je suis toujours à découvert !

Un thé au lait !

Les vies de merde, c'est pas la peine de sortir le cristal, ça se lit dans une boule en plastique.

Un perroquet !

Supprimer la pub à la télé, c'est con, y a que ça qui est bien filmé.

Une bouteille de beaujolais quatre verres !

J'habite pas à Paris, ni à Reims, ni à Marseille, j'habite à Alcool.

Un café calva !

L'accouchement, même dans un grand hôpital, ça fait comme à la ferme.

Un café rhum !

Les minutes, ça sert à faire cuire les œufs durs.

Un sauvignon !

Le papy boum,
ça va en faire des vieux qui explosent !

Un kir d'chez Kir !

Toute la journée, les spermatozoïdes,
ils attendent de passer comme à Sangatte.

Un galop !

Quand on est jeune, tout ce qu'on pense,
c'est cru, quand on vieillit, c'est cuit.

Une Heineken !

La vessie,
c'est déjà des petites toilettes de poche.

Une Pelforth blonde !

Les vacances, on pense à rien, les profs,
ils ont six mois de vacances,
six mois ils pensent à rien !

Un grog !

Il était sans domicile fixe, on lui a trouvé
un logement, tu verrais chez lui le bordel,
c'est un sans ménage fixe !

Un vin chaud !

J'aime pas le couscous,
je suis pas un fourmilier !

Une Carlsberg !

Une bonne tempête en Bretagne,
c'est le phare qui garde le gardien
et pas le gardien qui garde le phare.

Une Gueuze framboise !

C'est un schizophrène qui est très gentil,
il a deux personnalités,
c'est un vanille fraise.

Une Angélus !

Les morts, on les oublie encore plus vite
quand ils sont dans le journal,
le lendemain, y a un autre journal.

Un pastis !

– Deux verres que tu renverses !
– C'est le 11 Septembre.

Une bière de Noël !

Les bistrots, ils ont été remplacés par des banques, ça serait bien qu'avec la crise, les banques, elles soient remplacées par des bistrots.

Un blanc !

On se saoule comme des anges parce que dans vidange, y a ange !

Un grand crème !

Un chômeur avec un chien, c'est deux fois pire, on connaît des chiens qui travaillent.

Un express !

On voyage sur le monde et pas à travers !

Une griottine !

Ça fait printanier, les fleurs d'automne.

Une noisette !

Un poulet biologique, ça fait encore plus peur à bouffer qu'un poulet normal.

Un café !

Un mariage, faut y aller pour boire, faut pas y aller pour se marier.

Un petit rosé !

Si t'as bu, qu'il pleut, tu vois pas bien, si en plus tu téléphones, même en marchant t'auras un accident.

Un Crépy !

À bon souffleur de verre, bon aspireur !

Un blanc limé !

La course contre la montre, ma montre elle arrive toujours la première !

Un galopin !

Je suis arrivé, j'étais le plus à jeun, je suis reparti, j'étais le plus bourré.

Un alsace !

On en a plus des grands du cinéma,
il nous reste qu'un gros.

Un lait chaud tartine !

Mon RMI, je le bois au comptoir,
c'est normal, c'est ici que je le gagne.

Un calva !

La Nuit des étoiles, ça m'arrangerait
si ils faisaient ça l'après-midi.

Un panaché !

Si à la naissance tu coupes pas le cordon,
le gosse il est nourri à l'œil toute sa vie.

Un déca !

Moi mon chien, il s'est jamais battu
comme un chien, il se bat comme
un poisson, il se met sur le dos.

Une côtes !

Les maths, c'est du chinois, faut réfléchir
avec des baguettes.

Un noir orange press !

Avec le raisin transgénique,
rien qu'en mangeant une grappe,
t'es à deux grammes dans le sang.

Un marc !

J'aime pas les grandes glaces dans les cafés,
après on est trop nombreux.

Un ballon de rosé !

Le spermatozoïde, si il savait qu'il allait
faire un gosse, peut-être qu'il irait pas.

Un crème !

Le carnage à Bombay, c'est une bonne
publicité pour les vacances en Bretagne.

Un kir !

Au bistrot, je suis un animal, au boulot, je suis un végétal.

Un sauvignon !

Si j'étais militant socialiste, je choisirais Martine Aubry, c'est les grosses qui aiment le plus les ouvriers.

Un monaco !

J'ai pas de maître à penser, j'ai que des centimètres !

Un frontignan !

Communisme, capitalisme, nationalisme, tout ce qui finit en isme, c'est de la merdisme !

Un galopin !

La descente aux enfers, c'est en ascenseur, la remontée, c'est à pied.

Un crème sans mousse !

Je veux bien nourrir les oiseaux l'hiver, à condition que l'été, ils me remboursent.

Une Heineken !

En prison, les barreaux ça sert à s'évader, c'est là qu'on s'accroche quand on se pend.

Un demi pêche !

La nature humaine, y a de moins en moins de nature et de plus en plus d'humaine !

Un porto blanc !

Le peintre de Lascaux, Léonard de Vinci, Einstein, si ça se trouve, c'est toujours le même mec qui revient.

Un Ricard !

Faut pas prendre l'ADN dans la bouche après manger, sinon les résultats, ça va dire que t'es un poisson ou du pâté.

Un lait fraise !

Sur les femmes enceintes, ce qui manque, c'est un hublot.

Une blanche !

Le réchauffement climatique, ça va faire revenir les dinosaures.

Une Tuborg !

La faute d'orthographe, c'est comme si en écrivant le mot, tu le sales trop.

Un pastaga !

La prison pour les douze ans, c'est trop tard, moi c'est les parents que je foutrais en taule avant qu'ils fassent les gosses.

Un anjou !

Quand tu vois les couilles, c'est la préhistoire de l'emballage.

Un pastis ballon !

Ce que j'aime dans le cinéma,
c'est qu'on est caché dans le noir.

Un calva !

– Obama, si ça se trouve,
il s'est noirci pour être élu.
– On voit de tout maintenant…

Une poire !

Les supporters de foot, c'est comme
les actionnaires, ils foutent rien et
ils arrêtent pas de gueuler !

Un baby glace !

C'est quand l'homme s'est redressé
pour marcher debout que le cerveau
s'est mis dans la tête.

Un blagny !

« Nous, les Noirs », ça fait opprimé.
« Nous, les Blancs », ça fait raciste.

Un Vittel violette !

Le nucléaire, au moins, ça fait
des ingénieurs, le charbon, ça fait
que des mineurs.

Un Ambassadeur !

Une greffe de cœur, c'est comme si
tu prends un intérimaire.

Un sauvignon !

On avait des phares, des gardiens de phare,
des mers, après on a eu des phares
sans les gardiens et les mers,
bientôt on aura plus les phares,
et après on aura plus les mers.

Un club sandwich poulet ! Un demi !

Le septième art, c'est le cinéma,
le dixième art, c'était l'esquimau
pendant l'entracte.

Un rosé !

Ségolène Royal, on voit bien que
cette femme elle a un anneau gastrique.

Un kir châtaigne !

Ça sert à rien de manifester si t'es
un endivier en colère.

Une mandarine !

Pour relancer la natalité, faudrait une prime
à la casse pour les vieux bébés.

Une poire verre givré !

La purée toute prête, c'est bien pour
les handicapés.

Un Coca Light !

C'est complètement con qu'on ait tous
le même code de la route
alors qu'on prend pas les mêmes routes.

Un formidable !

Dans les bosses du chameau,
c'est de l'eau, la nuit, dans le désert,
ça fait un peu d'eau qui dort.

Un Ricard !

Moi je fais de la pêche sportive,
je vais au canal à vélo.

Un faugères !

Si dans une minute on est dans le futur,
moi je veux bien attendre pour voir ça.

Un frontignan !

Des fois, le lendemain matin,
on est content de pas avoir bu la veille.

Une coupette framboise !

Un jour y aura à l'école une classe
« chômage », pour apprendre à faire
les démarches d'aide au logement, le RMI,
les Restos du cœur…

Une Brugs !

Les SDF, ils jetteront pas des œufs
sur Sarkozy, ils ont rien à bouffer !

Un rhum !

Ma mère picolait quand elle était enceinte, c'est pour ça que je picole, c'était ma première conseillère d'orientation.

Un verre de vouvray !

Quand t'es enceinte, il ne faut pas manger de l'ail parce que ça passe par l'ombilic et le bébé va sentir l'ail.

Un armagnac !

Maintenant, faut être noir pour être élu président des États-Unis !

Un indien !

L'inné, je l'ai mangé, l'acquis, je l'ai bu.

Un Get 27 !

Le beaujolais nouveau, il a toujours goût de banane, c'est du beaujolais martiniquais.

Un blanc !

Dans un bled de cinquante habitants, tu me marches sur les pieds ! Putain, toi, faut pas t'amener à New York !

Un savoyard !

– C'est l'anniversaire du RMI, vingt ans…
– Ils nous donneraient plus de sous, on aurait bu le champagne.

Une Record !

La vraie image de la jeunesse, c'est Picasso en robe de chambre.

Un tavel !

Tu mets un coup de couteau dans l'œil de la Joconde, t'auras plus d'ophtalmos au musée du Louvre que dans toute l'Afrique !

Un Martini blanc !

Le foie gras, pourquoi on le fait pas avec les poumons ?

Un cidre !

Les francs-maçons, ils boivent beaucoup de rouge mais ils montent pas beaucoup de murs.

Une Suze cassis !

L'Eskimo, il se fait chier sur la glace pareil qu'un paysan chez nous.

Une Tuborg !

Lire dans les pensées, c'est rien, le mieux c'est écrire dedans !

Un café ! Un cognac !

Quand c'est en France, ils mettraient un clocher sur les mosquées, ça serait mieux, pour le paysage, je parle.

Un génépi !

L'alcoolisme pendant la grossesse, c'est pas non plus trop grave, ça dure que neuf mois.

Un café calva !

Son secret à Stradivarius,
c'est de la moutarde dans le vernis.

Un chignin !

La civilisation de la voiture, de toute façon
moi en bagnole j'ai jamais été civilisé.

Un jus de raisin !

Les huîtres elles sont volées, les crevettes
on sait pas d'où elles viennent, son plateau
de fruits de mer, c'est un camp de Gitans.

Une blanche !

Le plus puissant pour me faire rentrer
à la maison, c'est le lobby de mon chat.

Une Carlsberg !

Avec la drogue, on cherche un ailleurs,
avec le bistrot, on cherche un ici.

Un tango panach !

Même les crottes de chien qui sont
énormes, on marche dedans,
alors la grippe, qui est minuscule,
comment tu veux l'éviter ?

Un Duval !

Une vraie prime à la casse, ça serait
qu'ils nous payent chaque fois
qu'on casse une bagnole.

Un jus de poire !

Le psychanalyste, il te dépote la tête,
il regarde les racines, il te rempote.

Une tomate !

On arrête d'être heureux
quand on a fini de grandir.

Un perroquet !

À l'Opéra de Paris, y a beaucoup
de danseurs, t'as qu'un placard à chaussons.

Deux blancs !

C'est un jardinier à feuilles caduques,
tous les ans sa femme se barre.

Deux demis !

Le pire droit d'ingérence,
c'est quand ta mère elle te met
un suppositoire de force.

Une Kriek !

C'est un malade mental celui qui a inventé
le boudin !

Trois demis !

La nuit, la radio, on dirait que c'est
des prisonniers qui parlent.

Un déca !

La reine des abeilles,
elle se goinfre de gelée royale
mais elle a jamais vu une fleur.

Un 51 !

Les ampoules « basse consommation »,
ça arrivera pas aux électriciens !

Une prune !

Une famille nombreuse, chez les fourmis,
c'est à partir de cent millions.

Une Export !

Le vin, c'est Bordeaux, la saucisse,
c'est Strasbourg, l'embouteillage,
c'est le tunnel de Fourvière.

Une 16 !

Faudrait planter les clous avec la batte
de base-ball pour que le bâtiment
ça plaise aux jeunes.

Un thé au lait !

Quand t'es incinéré, on disperse tes cendres
dans le vent, t'as les cendres du nez
qui vont à droite, les cendres des pieds
qui vont à gauche…

Un vin chaud !

Les carottes qui poussent dans le fumier ? Je suis pas merdivore !

Un jaune ! Un rosé !

Si tu pleures trois cents jours sur trois cent soixante-cinq, tu peux être Tristesse d'Or.

Un tango !

Le théâtre, c'est trop bavard.

Un indien !

Moi, de la lecture, je connais personne qui en lit.

Un verre de bandol !

Ils ont cloué Jésus, mais il était pas connu comme maintenant non plus.

Un cidre !

Tous les jours elle sortait prendre son bol d'air, aujourd'hui qu'elle est vieille, elle le prend à la maison dans une tasse.

Un chocolat !

Naître par césarienne,
ça fait des gosses qui respectent pas
les habits.

Un pastis !

Trois euros le verre de beaujolais, putain,
on est pas des poires au vin !

Une tomate !

Le beaujolais nouveau,
c'est du bonbon,
un enfant de quatre ans pourrait boire ça.

Un Perrier Suze !

Régine, c'est pas des cordes vocales
qu'elle a, c'est des ficelles.

Un demi !

Le blanc, le rouge, le rosé, je bois tout,
je suis polyglotte !

Une Tuborg !

La traçabilité, ça me serait plus utile
pour mon mari que pour la viande !

Un kir !

Faut être super connu pour arriver à
se faire servir un café croissant
dans un bar à putes.

Un beaujolais !

Dans l'ancien temps, tout le monde
regrettait l'ancien temps.

Un café ! Un calva !

Le caméléon, cuit au vin rouge
c'est une viande rouge, cuit au vin blanc
c'est une viande blanche.

Un rosé glacé !

Tous les milliards d'euros qui ont disparu
à la Bourse, ça serait pas arrivé
avec le franc !

Un vin chaud !

Le plus dangereux à manger,
c'est un microbe qui n'est pas frais.

Un demi fraise !

« Mange, ceci est mon corps, bois,
ceci est mon sang », y a pas beaucoup
de religions où il faut bouffer un mec
tous les dimanches.

Un alsace !

Le milliard de Chinois, si c'était
un milliard de Français,
je sais pas si tu vois le bordel !

Un galopin !

Pourquoi le 2 janvier on se ressert pas
du vieux calendrier de l'année passée,
une année c'est une année, une heure
c'est une heure, on jette pas la montre
toutes les heures.

Un blanc limé !

Les hommes politiques, ils sont pas tous pourris, ils sont tous normaux.

Un rhum !

La Noël, je tue les gosses, le premier de l'an, je tue le chien.

Une noisette !

Avec l'ADN, c'est facile de savoir si Dieu est partout.

Un déca !

Si on laisse faire les écolos, ils vont nous faire payer un impôt sur l'héritage de la nature !

Un quart vichy !

Les esclaves, ils étaient pas payés, mais en même temps, ils achetaient rien.

Une griottine !

C'est à cause des détails
que c'est le foutoir.

Un lait fraise !

Quand tout le monde est sur Internet,
faut claquer la porte et fermer à clé !

Une Heineken !

Tout l'argent qui est jeté par les fenêtres,
dommage qu'on le retrouve pas
dans la rue.

Un Ricard !

Acheter un bébé, ça peut se comprendre,
c'est vendre un bébé qui est pas normal.

Un grand blanc !

Les sardines, c'est en banc, ou en boîte,
comme les ados.

Un vin chaud plein de cannelle !

Neptune, c'est le dieu de la mer,
il a pas besoin de serviette.

Un thé au lait !

Tous ceux qui ont marché sur la Lune ont
fini alcooliques, et si ça se trouve, sur Mars,
ça fera pareil.

Une 1664 !

Le Monde, c'est déjà chiant à lire en vrai,
alors sur un portable !

Une Export !

La mort, ça mange les graisses.

Une prune !

Un film, c'est bien, ça dure deux heures,
alors qu'un livre, on sait pas,
ça peut durer deux ans.

Un 51 !

Moi, je fais de la cuisine engagée
de droite, je bouffe tout !

Un déca !

Les comiques, ils sont gros, les dramatiques,
ils sont maigres, les tragicomiques,
ils sont maigres avec un gros cul.

Trois demis !

Un socialiste qui porte une montre
à trente mille euros, pour moi,
c'est un mec qui sait plus l'heure.

Une Kriek !

Le réveillon de Noël, on se saoule
la gueule et on s'empiffre, mais c'est
surtout pour faire plaisir aux enfants.

Deux Suze !

L'apéritif l'après-midi,
c'est l'épreuve reine.

Un Get !

Le champagne, c'est bien, on peut regarder
les bulles quand on se fait chier.

Un armagnac !

L'Italie, même les merdes de chien
sont en terre cuite.

Un rosé !

Si les planètes c'est des poussières
dans l'univers, on est sous quel lit ?

Une crème de noisette !

La mer elle s'en fout d'être sale,
c'est comme un gosse quand il est sale.

Un kir framboise !

Hiroshima, admettons, mais Nagasaki,
c'est presque trop.

Une poire !

Je suis de la tête aux pieds fait
pour l'alcool !

Un anjou !

« Le consommateur en état de recherche
de consommation musicale »,
c'est ce qu'on dit maintenant quand
un mec veut acheter un CD !

Un pastis ballon !

À Noël, on s'engueule devant les gosses,
au premier de l'an,
on dégueule devant les amis.

Une Tuborg !

Tous les matins, j'ouvre les yeux,
c'est mon plan de relance.

Un porto blanc !

Le parfum Dior, ça tient pas mille ans,
tu fais des frites, c'est fini.

Une pinte Guinness !

Dans la police scientifique,
faut boire du thé.

Une Kriek !

Le cholestérol, en même temps,
c'est une preuve de bonne santé.

Un pastis !

Le bébé dans le ventre de la mère,
pendant neuf mois il fait rien, en Chine,
ils les font travailler.

Un Campari !

Jésus, emballé comme il est,
on dirait du chapon.

Un Hennessy !

– Même en creusant le métro, ils ont
jamais trouvé un os de dinosaure.
– Les dinosaures, c'est à la campagne.

Un kir ! Un demi !

Moi je dis que c'est un grand philosophe
qui a inventé l'élastique !

Une Jenlain !

C'est la vie qui fout la merde !

Un alsace long pied !

Une chaise en bois, c'est aussi con qu'un arbre en plastique.

Un ristretto !

Le soir de Noël, Jésus est dans la crèche, et Dieu, il est chez des amis.

Un Sandeman !

Cinq heures de retard le TGV ! Quand c'étaient les trains pour Auschwitz, ils étaient un peu plus consciencieux à la SNCF !

Un grand rosé !

Si tu veux apprendre l'histoire à l'école, tous les jours y en a encore plus.

Un Vittel fraise !

Quand t'épluches les légumes,
tu mets de l'ADN dessus,
du coup après tu manges ton ADN cuit
dans la soupe.

Une gentiane !

Je respecterai l'environnement quand
il pleuvra plus quand je sors.

Une feuille morte !

À Venise, toutes les cinq minutes,
faut passer la serpillière.

Un thé au lait !

– Les ongles sales, ça fait chômeur !
– Y a une époque, ça faisait travailleur.

Une Pelforth grenadine !

Les gens ne servent à rien !

Un muscat ! Un pastis !

Depuis que c'est interdit de fumer dans les cafés, le mieux pour arrêter la cigarette, c'est d'aller au bistrot.

Une blanche !

Un détecteur de trésor à trois cents euros, je trouve que des capsules de bières !

Une Heineken ! Un rosé !

La cuisine islamique, ça casse pas trois pattes…

Deux blancs !

Un régiment qui défilerait le 13 juillet, on le verrait plus que si il défilait le 14 au milieu des autres.

Un café !

Les pauvres, ils vivaient à dix sous le même toit, maintenant ils vivent tout seuls, et y a plus de toit !

Un sauvignon ! Un galop !

La rotation de la Terre a ralenti cette année, à cause des constructions en Chine.

Un petit rosé !

Les Juifs, les Arabes, pour nous, c'est les mêmes, on est pas mycologues.

Un alsace !

Moi, je mets la télé au pied du lit, c'est mes pieds qui regardent.

Une noisette !

Les vieux, c'est pas la peine qu'ils vivent au ralenti si c'est pour mourir aux urgences.

Un panach bien blanc !

Je mange jamais à ma faim, je bouffe toujours trop.

Un demi !

Quand le Soleil va s'éteindre,
on pourra le visiter.

Un déca !

L'infirmière qui a tué le gosse le soir de Noël, c'est un cadeau que tu peux pas ramener au magasin le lendemain.

Une côtes ! Une 16 !

La Chine, elle est millénaire,
et ils commencent tout juste à avoir
des bagnoles.

Un pastis !

C'est les cigales qui foutent le feu à la forêt
en se frottant les ailes.

Un marc !

Rien que les pubs pour la bouffe
qui passent à la télé, j'ai l'écran plat
qui a du bide !

Un crème !

Israël, au pôle Nord, la Palestine,
au pôle Sud, ça devrait les calmer.

Un diabolo fraise !

Le cœur d'enfant, il grossit,
mais c'est du gras.

Une Pelforth !

Les animaux du cirque,
ils finissent à la casserole du clown.

Une Chimay !

– Ça fait dix ans que l'euro existe.
– En francs, ça fait soixante-cinq ans six.

Un pastis ! Un demi ! Un kir !

Le pape, t'enlèves tout le tissu,
il reste rien.

Un crème !

Je fais bien attention qu'on mange toujours
des choses différentes, comme ça,
la vaisselle, c'est jamais pareil.

Une Suze cassis !

Tous les matins on se lève,
tous les midis on mange,
tous les soirs on remange,
toutes les nuits on dort,
c'est un travail de fourmi.

Un jus de poire ! Un alsace !

Le temps libre, il est pas plus libre
que le reste du temps.

Un tango panach !

Vivement qu'il y ait des bottes de radis,
j'ai plus d'élastiques pour mettre
à mes cheveux.

Un diabolo myrtille !

T'auras pas un monde meilleur avec les
mêmes produits et les mêmes cuisiniers.

Un Baileys !

Presque aucun fruit de mer peut faire
le signe de croix.

Un vouvray !

– La natalité a augmenté.
– Au square, peut-être, mais pas ici.

Une poire !

Les Ch'tis, ça parle que du Nord,
alors que *Les Charlots*,
ça parlait de tout le monde.

Un lait cerise !

C'est dur les régimes, Ingrid Betancourt,
cinq ans dans la jungle, elle a pas maigri.

Une Brugs !

T'avales l'huître vivante,
c'est toi qui deviens la coquille.

Un grog !

La lumière qui reste allumée quand on est pas dans la pièce, c'est pas pire comme gâchis que le soleil quand il pleut.

Un demi ! Un vichy menthe !

Les sirènes de mer, elles sont mi-femme, mi-poisson, les sirènes de montagne, elles sont mi-femme, mi-vache.

Un Casa !

On devrait enterrer les gens dans les champs de blé, plutôt que mettre de l'engrais chimique.

Chaud devant !

Sur la Lune c'est de la terre ?

Un sauvignon pas frais !

Dans le Nord, il neige directement de la boue.

Un lait chaud tartine ! Un rhum !

Le cinéma américain, moi si ça parle français, je me rends pas compte.

Un alsace !

Liberté, égalité, fraternité, c'est pas à la mairie qu'il faudrait que ça soit marqué, c'est à la boulangerie.

Un galopin !

Deux yeux devant et rien derrière, c'est pas du boulot ça non plus…

Un blanc limé !

Le spectacle vivant, je m'endors, moi il me faut du spectacle mort.

Une noisette !

L'homme vieillit, il meurt, et il est remplacé par un jeune, c'est pareil pour les bagnoles.

Un petit rosé !

Le seul strip-tease qu'ils autorisent
les islamiques, c'est l'autopsie.

Un café pour le travailleur !

Le Paris-Dakar en Amérique du Sud,
c'est bon ça pour les gosses qui sont
déjà nuls en géographie !

Un calva !

La mort dans l'âme, ça fait un peu coup
de fusil sur un piaf.

Un panaché !

En Irak, la fève, ils la mettent dans
une mine, si tu marches dessus, t'es le roi !

Un déca !

J'ai trois voitures pas pareilles,
pour respecter la biodiversité des voitures.

Une côtes !

Un gosse mort-né, autant accoucher
d'une bulle de savon.

Un noir orange press !

Le Christ, tu le mets dans un suaire,
ça reste marqué deux mille ans,
je voudrais bien voir le slip.

Un sauvignon au balcon !

Logiquement, avec le réchauffement
de la planète, on devrait avoir
plus de vacances.

Un demi !

Il va d'un extrême à l'autre, soit il boit
dix Ricard, soit il boit dix pastis.

Un marc !

– Moi, à la campagne,
c'est les oiseaux qui me réveillent.
– Comment vous faites pour les changer
d'heure ?

Un ballon d'alsace !

Le fantôme d'un SDF, il va pas hanter une maison, il va errer dans les rues.

Un blanc de Savoie !

Comme argot, y avait le louchébem, y avait pas le charcutem.

Un crème !

L'an 2000, y s'est rien passé, je vois pas pourquoi y se passerait quelque chose en l'an 3000.

Un kir !

La cuisine ouverte sur la salle à manger, c'est pratique, on peut continuer à s'engueuler.

Un monaco !

Les rêves, ça marche avec l'électricité statique qu'on a dans les cheveux.

Un Citror !

Moi je fais de la charcuterie,
pour perpétuer l'espèce.

Un galopin !

Plutôt que s'engueuler à table,
on devrait avoir des klaxons.

Un p'tit kawa !

Un gars qui mesure deux mètres,
il croit que le bruit de ses pas
c'est un mec qui le suit.

Un demi pêche !

Quand j'ai parlé longtemps, je me tais
longtemps, le temps que ça repousse.

Un porto blanc !

Dans les livres, le milieu,
c'est le moins cuit.

Un Ricard !

Sarkozy, je l'aime pas, c'est le seul président qui a pas de chien.

Un lait fraise !

Au Louvre, j'y suis allé plusieurs fois, j'y retournerai quand ça sera des nouveaux tableaux.

Une blanche !

Les tonnes de sel qu'on met sur les routes pendant l'hiver, faudra pas s'étonner si l'été on a des coquelicots obèses !

Une Tuborg !

Je m'en fous moi du « peuple élu », j'ai pas voté.

Un Sprite !

Rien que si tu dis le mot « juif », ça fait antisémite.

Une tatin !

Il a tellement de pinard dans le sang que même ses globules blancs ils sont rouges !

Un bock pour le malade !

Faudrait que l'électricité ça sente le gaz, pour quand y a une souris qui a grignoté un fil dans le plafond.

Un kir framboise !

Il parle cinq langues, c'est la caverne d'Ali Baba dans sa tronche !

Un Vittel fraise !

La grippe, elle s'attaque aux poules, elle s'attaque aux hommes, elle s'attaque aux cochons, elle est comme nous, elle bouffe de tout.

Une Pelforth !

Deux cents chaînes, je regarde toujours la Une, deux cents plats, je prends toujours le canard laqué.

Un Vittel menthe !

La Terre qui tourne, c'est ça qui fait de la poussière.

Une Chimay !

La poésie, c'est pas le miel, c'est le pot.

Deux rhums pour les corsaires !

– Quand il a bu, il se casse la gueule, il se rappelle de rien.
– C'est les chaussures à bascule dans l'oubli !

Une griotte !

Ils nous font chier ! Même les sonneries de téléphone, il faut les choisir maintenant !

Un verre de Chinon !

Les banquiers, c'est des vampires, sauf que tu deviens pas un banquier comme eux après qu'ils t'ont mordu.

Un kir royal pour le roi !

Faire des gosses pour qu'ils payent nos retraites, c'est du proxénétisme.

Un petit noir !

Y a une époque, un gosse qui allait acheter du vin rouge, ça suffisait pour faire une belle photo.

Un porto verre tiède !

– La guerre Juifs-Palestiniens, c'est aussi long que la guerre de Cent Ans.
– En plus, les Arabes ont pas d'armure.

Un Berger blanc !

La bande de Gaza, c'est minuscule, c'est Monaco plein d'Arabes.

Un diabolo cerise !

Ce qui serait bien, c'est garder le franc pour la France et utiliser l'euro pour quand on va en Europe.

Une trappiste !

C’est normal qu’il neige à Marseille,
y a de moins en moins de vrais Marseillais.

Un pastis !

Personne comprenait quand c’était Picasso
qui racontait une blague.

Un blanc !

Le vin blanc, c’est le sang du Christ,
on est du même groupe.

Un crème !

Le froid, ça tue les microbes, ils tombent
par terre, et après on marche dessus.

Un Martini !

– Rachida Dati, elle accouche,
deux jours après, elle est au boulot.
– Moi, la gastro, déjà je prends
une semaine.

Un guignolet pour l'ancien !

À la télé, ils ont tous des cancers,
à cause des ondes.

Un brouilly !

La meilleure idée qu'on a jamais eue
pour un spectacle, c'est les grandes
chaussures des clowns.

Une Avèze !

Une nature morte,
elle est jamais vraiment morte,
avec tous les petits vers dans les légumes.

Une Suze !

Les profs en banlieue, ils doivent regretter
de pas avoir mieux travaillé à l'école !

Un indien !

Sarkozy, Carla Bruni, je m'en méfie
comme des nougats de ces deux-là !

Un quart merlot !

Le rond n'est pas une figure géométrique, puisqu'il n'a pas d'angles.

Deux Perrier pour les vélos !

– Tu bois un coup ?
– Non.
– Non, ça veut rien dire.

Un rivesaltes !

Le patron, c'est à la sueur de son front qu'il crée son empire, l'ouvrier, c'est à la sueur sous les bras qu'il reste dans sa merde.

Un Viandox !

L'escargot, c'est un raté chez les coquillages.

Un comme d'hab !

Il faudrait qu'on puisse manger ce qu'on veut et faire grossir quelqu'un de son choix.

Une blanche !

L’arbre, pour nourrir les feuilles,
c’est pire que la cantine en maternelle.

Un tango panaché !

Cinq fruits et légumes par jour, moi
je m’emmerde pas, je mange cinq bananes.

Une tomate !

Un potager, c’est un peu comme une soupe
vue du ciel.

Un Tarantino !

On fait bien de la bouffe pour chiens,
pourquoi la télé fait pas des programmes
pour animaux ?

Une Jenlain !

Les gosses ils sont vieux maintenant,
quand ils font pipi dans la neige,
ils écrivent combien ils ont à
la Caisse d’épargne.

Un Coca !

Tu cracheras moins de gaz carbonique
à fumer ta clope devant le bistrot
qu'à faire du vélo dans la campagne.

Un petit rosé !

La Noël, c'est des huîtres
de la Terre à la Lune,
le premier de l'an, c'est le retour.

Un croque provençal ! Un demi !

Un mec qui louche, c'est difficile de voir
quand il ment.

Un Pepsi !

– Moi quand j'ai trop bouffé, ça me fout
le cafard, alors je rebouffe.
– Moi c'est quand je bois.

Un Duval !

Le soleil aussi, souvent il brûle pour rien.

Un grog !

Une crème de jour, tu la mets la nuit,
elle dort.

Une Adelscott !

Y a plus du tout de cervelle sur le crâne
de Descartes, c'est lavé, désinfecté, gratté,
regratté, c'est un crâne qui pourrait être
à n'importe quel con.

Un Orangina !

La race blanche, elle est vraiment apparue
en France au Moyen Âge.

Une coupette !

Les chats aiment bien les cimetières,
pas parce qu'il y a des morts,
parce qu'il y a des oiseaux.

Un jus de poire ! Un kir !

– Le bébé de ma sœur, il a un mois,
il aime pas quand je louche.
– C'est un vieux con.

Un Ricard ballon !

La plus belle montagne, c'est New York.

Un rhum coco !

Chômeurs feignants, c'est pas vrai, moi,
c'est au boulot que j'étais le plus feignant.

Un Casanis !

Je vis couché, comme un potager !

Un Picon !

Même si j'ai glandé toute la journée,
rien que mon activité microbienne,
j'ai fait quelque chose.

Un porto rouge !

Elles se prennent pas pour de la merde
les feuilles mortes à Paris !

Un perroquet !

La soupe populaire en Chine,
ça leur change rien, ils mangent
tout le temps de la soupe.

Un kir à la mûre !

Mimie Mathy, elle aura toujours vu le comptoir du bistrot comme si elle était une petite fille.

Une Pelforth brune grenadine !

Quand je bois, je deviens un autre homme, un autre homme qui boit.

Un muscat !

Pour l'os du crâne, le cerveau, il est vu d'avion.

Un jus de pomme !

Le dictionnaire, c'est une sorte de boîte de conserve.

Une feuille morte !

Sarkozy, il a la grosse tête, si on le décapitait, on retrouverait pas l'autre bout.

Un thé !

Rachida Dati, son gosse, hop ! césarienne ! cinq jours après, au boulot ! c'est une soupe en sachet qu'elle a fait !

Un gin !

En Afrique, ils s'assoient au pied d'un grand arbre, au milieu du village, et ils disent des conneries de bistrot.

Un chiroubles !

Il faut presque une vache entière pour habiller un motard.

Un tavel !

Les Noirs, ils sont souvent Sagittaire.

Un crémant !

J'y vais jamais sur Internet, y a pas d'air.

Un Picon bière !

Le coureur cycliste, en une vie, il mange son poids en moustiques.

Un cahors !

– Plus c'est la crise, plus les gens ont envie de rigoler, plus les femmes font des gosses !
– C'est comme les plantes, faut les torturer pour avoir des fruits.

Un Cinzano !

Je peux pas parler avec quelqu'un qui a l'haleine qui sent le suppositoire.

Un petit chablis !

Après les études, c'est la vie active, comme si les études c'était pas actif !

Un jus de raisin !

Attention ! L'alzheimer de comptoir, le patron te fait payer dix fois.

Un kir champagne à la pêche !

Les cochons qui cherchent des truffes, on pourrait les dresser à chercher de la drogue, on aurait des cochons dans la gendarmerie.

Un œuf mayo ! Un demi !

Ce que je préfère, c'est parler boulot
au bistrot.

Une clairette !

Obama, il est élu parce qu'il est noir,
c'est pas grand-chose, n'importe qui
pourrait être noir.

Une pinte de Guinness !

Avant, la Terre était plate, maintenant
elle est ronde, elle est trop froide,
elle est trop chaude ! La Terre,
elle est chiante comme ma grand-mère !

Un JB glace !

Pour que ça plaise aux jeunes, faudrait
chanter *La Marseillaise* en anglais.

Un verre de meursault !

Les Américains, ils en sont déjà au
quarante-quatrième président,
alors que nous, on a eu cinq cons.

Un lait menthe !

Un vol d'oiseaux ça te fait tomber
un avion, faut plus mettre des bombes,
faut élever des pigeons !

Un frontignan !

En Afrique, le blanc d'œuf, il est pas noir.

Un bourguignon !

Beethoven était pas sourd, c'est des
conneries qu'il disait pour les journalistes.

Un verre de limonade !

Si l'eau de Perrier, on la captait pas
à la source, ça ferait une drôle de rivière.

Un Americano !

Le musée Picasso, ça serait mieux si
y avait pas que du Picasso dans le musée.

Un saint-julien !

En matière de vin, je l'écoutais,
il savait de quoi il parlait, il est mort de ça.

Un museau vinaigrette ! Un bergerac !

Je veux pas faire du Zola,
mais j'ai oublié mes sous.

Une mauresque !

C'est les femmes qui ont voté pour Obama,
il a été choisi sur la couleur,
comme une fringue.

Un jus de pêche !

– Trois 51.
– Ah non ! j'ai bu deux 45 !
Tu vas pas me faire la guerre des chiffres !

Un guignolet kirsch !

Moi, tu me chasses mon naturel,
il revient avec le bus.

Un Perrier !

Au lycée, j'y allais pas beaucoup,
au boulot, je manquais, au bistrot,
j'y vais moins, au cimetière, j'irai pas.

Un cognac !

Le rêve américain ! il est possible ! leur lit ! il est grand !

Un diabolo caramel !

Dans le ventre de la mère, le bébé, il grandit au bain-marie.

Une prune !

Quand tu vois le cochon avant plein de merde et le cochon après plein de gélatine, la charcuterie, c'est de la chirurgie esthétique !

Un chocolat !

Un tableau peint avec du sang, c'est l'œuvre d'un fou, la sculpture avec du sang, c'est du boudin.

Un anjou !

Un président noir en Amérique, c'est pas tellement incroyable, au début même, c'étaient des chefs indiens.

Un pastis ballon !

Obama, il a prêté serment sur la Bible,
Sarkozy, c'est sur le menu du Fouquet's.

Un Ricard grand verre !

– J'ai pété.
– Tu vas le mettre sur ton blog ?

Une poire verre givré !

Pas étonnant que l'homme soit criminel,
il a du sang qui circule dans le cerveau.

Un blagny !

La planète qui se réchauffe, tu poses
la casserole par terre, ça cuit pas la soupe.

Un jambon beurre ! Un demi !

Un pays où c'est un Noir qui dirige et
que c'est pas le bordel, j'en connais pas.

Un mâcon !

Obama, il regarde l'Histoire,
Sarkozy, il regarde sa montre.

Un saint-pourçain !

Les États-Unis, vous verrez,
ils reviendront au Blanc !

Un loupiac !

À jeter tes poubelles dans la rue, tu détruis
pas la planète, tu fais chier la mairie.

Une tomate !

Si c'est Dieu qui nous envoie les épreuves,
les tempêtes, les accidents,
c'est à lui de payer l'assurance.

Une Heineken !

Le zéro gramme dans le sang existe pas,
tu manges une pomme, hop !
ça fabrique de l'alcool.

Un express !

Le problème de l'électricité,
c'est quand t'es en panne d'électricité,
et le fuel, c'est pareil.

Un rosé ! Un blanc !

Le soleil monte parce qu'il est chaud.

Une momie !

– La nuit, les plantes mangent tout l'oxygène.
– Tant qu'elles vident pas le frigo...

Un royal framboise !

Quand je rentre le soir, vous verriez comment mon chien il me regarde, on dirait la gendarmerie.

Un kir châtaigne !

La faim dans le monde, faut pas y penser, ça donne faim.

Une bullée !

Yes, we con ! Yes, we con !

Une bière ! Une grenadine !

C'est une belle mort pour un sculpteur, un accident de voiture.

Un formidable !

Chaque lendemain de cuite, j'ai tellement le cafard, il me faudrait un soutien psychologique.

Une Suze cassis !

La nature, c'est nul, tu roules sur une grenouille, ça fait « schiaff ! »

Un muscat !

Vous croyez que Barack Obama il ira dans le Poitou ?

Un verre de faugères !

L'écran plat, ça change pas l'image, la radio plate, ça change pas le son.

Une coupette framboise !

Si un jour les Chinois marchent sur la Lune, on les verra pas, ils sont tout petits.

Un grog !

L'encre sympathique, ça s'efface,
c'est l'encre des enculés qui reste !

Un Casa !

Les mecs qui se pendent en prison,
ça lui fait des jolies boucles d'oreilles
à Rachida Dati.

Une Suze orange !

Tant que je serai en bonne santé,
je me la détruirai !

Un petit Duc !

Avec le suicide, tu sais où tu vas.

Une bolée !

Tu plantes des milliers d'arbres,
la tempête te fout tout par terre,
c'est pas l'homme qui est un danger
pour la planète, c'est la nature !

Une Brugs !

Les idées reçues, c'est mieux que rien recevoir du tout.

Un galop panach !

On leur fait vider un poulet, et hop, elles ont le diplôme d'infirmière !

Un café à emporter !

Chez les vieux, le chat sent moins la pisse de chat que le vieux.

Un kirsch !

Je suis comme les prunes à l'eau-de-vie, je conduis pas.

Un Vittel cassis !

Mère porteuse, ça laisse les mains libres.

Un Ricqlès !

Je ne mange que ce que je fais pousser, quand je donne mon sang, c'est comme si je donne les légumes du jardin.

Un Ricard fraise !

Neuf mois dans le ventre de sa mère,
c'est pas comme ça qu'on prépare
un futur légionnaire !

Un indien !

Une tempête tous les dix ans, faut planter
des arbres qui poussent en neuf ans.

Un diabolo myrtille !

Mon fils, je préfère qu'il boive plutôt qu'il
se drogue, au moins, on peut se parler.

Un Get !

Les hommes deviennent des larves, c'est
les femmes qui deviennent des légumes.

Un bock blanche !

En France, on pense qu'à bouffer,
même dans les pornos ils mettent
du miel sur les bites.

Un communard !

Ça serait mieux, quand on incinère les vieux, que ça serve à chauffer les jeunes.

Une 16 !

La femme qui a accouché de huit bébés, ça fait huit têtes, seize jambes, seize bras !

Une Spaten !

C'est à cause de l'air conditionné que les banquiers se jettent plus par les fenêtres.

Un diabolo mangue !

Moi, mes dents ont pas de goût.

Un sancerre rosé !

Les pins des Landes, ça sent le nettoyant pour les cabinets.

Un saint-nicolas-de-bourgueil !

Sur la table de nuit, quand tu vas mourir, c'est aussi bien *Spirou* que la Bible.

Une Affligem !

À la bibliothèque, tu lis les livres et
tu les ramènes, faudrait pareil à la boucherie,
tu manges les biftecks et tu les ramènes.

Un Gini !

Je voterai pour l'Europe quand elle sera
DANS la France !

Une Record !

Sous la carapace, des fois c'est un poète,
souvent c'est une tortue.

Une Amstel !

Si ça se trouve, l'argent, c'est du baratin,
ça existe pas.

Une framboise !

Des jeunes qui renversent les poubelles,
t'envoies les flics, mais la tempête,
tu la mets pas en taule !

Un kir pêche de vigne !

Pour des dents en or, c'est quoi qu'y faut comme dentifrice ?

Un gaillac !

Mon chat, je lui donne une vieille pièce d'un franc pour jouer, je lui donne un euro, il joue avec le franc ! Même le chat ! Comme quoi…

Un tavel !

La haute couture, c'est pour vendre du parfum, comme les pyramides, c'est pour vendre des glaces.

Un tango ! Un indien !

Les banques, on leur donne du liquide, elles en font du gaz.

Un cidre !

Des milliards d'euros qui partent en fumée, moi j'ai pas vu de fumée.

Une Suze cassis !

La Terre, c'est construit sur un gouffre !

Deux perroquets ! Une tomate !

Les mecs de la SNCF qui font grève,
faut leur mettre de la merde
sur la casquette !

Une coupe Krieg !

Les animaux ont pas d'âme,
sinon les abattoirs,
ça serait une vraie volière.

Un vichy menthe !

Déjà pour acheter un billet sur Internet,
je suis un pionnier de l'aviation.

Un génépi !

Carla Bruni, elle est gentille,
on dirait une boule de gras
pour nourrir les oiseaux.

Un kir violette !

– L'eau qui s'évapore de la Méditerranée
retombe dans la Méditerranée,
l'eau qui s'évapore de l'Atlantique
repleut dans l'Atlantique !
– Et les mers seront bien gardées.

Cinq demis !

Chez eux, ils écoutent que de la musique
classique, ils ont les tympans
en porcelaine.

Un Duval !

Le muscat, direct mal à la tête,
j'ai le cerveau draconien !

Un moulin !

Un mec de cent kilos qui se réincarne
dans un bébé, c'est le forceps à l'envers.

Un demi fraise !

Je me gare où je veux,
j'ai les pneus libres !

Un galop !

Le franc, c'est français, l'euro,
on sait pas la langue.

Un alsace !

Tu sculptes une statue dans un chêne
qui a deux cents ans, pourquoi la statue,
elle a pas deux cents ans ?

Une noisette !

Mourir de vieillesse, c'est comme
à la gare, t'attends comme un con
que ça vienne.

Un sauvignon !

Le trou dans la couche d'ozone,
c'est pas étonnant, y a qu'une couche !

Une côtes ! Un déca !

L'alzheimer, ça fait intellectuel
par rapport au parkinson.

Un rosé !

Quand tu fais une longue marche,
y a plus tellement de solidarité
entre les doigts de pied.

Un marc !

Picasso, c'est tellement neuf
que ça sera jamais sec.

Un vin chaud !

Ville, campagne, j'ai le comptoir
tout-terrain.

Un thé au lait !

C'est triste d'utiliser le mot « paradis »
pour dire fiscal.

Une 16 !

Obama, c'est le premier président noir
qui est vert.

Une Export !

L'été, j'ai tellement de papillons autour des lumières, il me faudrait un abonnement EDF rien que pour eux.

Une prune !

Mon père, il a sa tournure d'esprit comme un pied de table.

Un 51 !

Moi, je lis au lit, je peux pas lire si j'ai pas de lit.

Un déca !

Une ligne de Proust à lire, faut déjà prendre un RTT.

Trois demis !

La cuisine qui a un sens, c'est la saucisse que tu jettes sur la prof à la cantine !

Une Kriek !

La manucure, c'est deux mains qui bossent, deux mains qui glandent.

Deux demis !

L'Antarctique, c'est loin de tout, mais la Lozère c'est encore pire.

Deux blancs !

Les pédophiles, qu'ils se tapent des petits canards si ils veulent, mais qu'ils ne touchent pas les gosses !

Un perroquet !

En Russie, elles sont toutes pourries leurs centrales nucléaires, elles marchent au feu de bois.

Une tomate !

Dans un couple, c'est normal, mais poignarder sa maman !

Un jus de poire !

Avant, pour la météo, les vieux avaient le genou qui faisait mal quand il va pleuvoir, maintenant, ils regardent sur Internet.

Un Duval !

Madame Cheval, dès qu'elle entendait le Facteur, elle planquait ses assiettes.

Un tango panach !

Le bébé d'une femme de quarante ans naît forcément plus vieux que celui d'une femme de vingt.

Une Carlsberg !

En Afrique, ils ont pas d'eau, tu fais un camp de réfugiés, ils sont dans la boue.

Une blanche !

– Il fait tout gris.
– C'est comme tout, le climat, il vieillit.

Un jus de raisin !

Pernod-Ricard, Général-de-Gaulle,
en Afrique, c'est des avenues.

Un chignin !

Dès qu'il fait beau, il a tout son sang
qui lui va dans les oreilles,
c'est l'exode rural !

Un café calva !

Avec un café-bijouterie, les mecs saouls,
ils pourraient acheter un petit bijou
pour leur bonne femme.

Un génépi !

Je bois en anciens francs,
je suis saoul aux nouvelles heures.

Un café ! Un cognac !

Quatre bébés qui sont collés,
ça te fait pas un trèfle.

Une Tuborg !

Au moins, le saucisson,
il meurt pas pour rien.

Une Suze cassis !

Avec le réchauffement de la planète,
les Eskimos vont passer à la salade
de tomates.

Un cidre !

Ton refuge de montagne, tu le fais en bas,
t'as dix fois plus de monde.

Un Martini blanc !

Ramsès, ça fait pas tellement égyptien
pour un pharaon, ça fait store roulant.

Un tavel !

C'est pas la peine de s'emmerder
pour les générations futures,
on sait même pas si elles vivront.

Une Record !

Le suicide en prison,
t'étais déjà dans le cercueil.

Un savoyard !

L'homme qui marche sur la Lune,
tu parles ! T'as deux traces de pas,
et le reste, c'est des traces de pneus.

Un blanc !

Les poules qui ont la grippe,
moi je serais paysan, je les sors du lit
à coups de pompe au cul !

Un Get 27 !

On devrait avoir le droit d'avorter
quand le fœtus a trois mois ou alors
plus tard quand le fœtus a quatorze ans.

Un indien !

Quand tu commandes des huîtres
sur Internet, ça connecte directement
dans la coquille.

Un armagnac !

L'esturgeon, il fait du caviar, nous,
tout ce qu'on sait faire, c'est des gosses !

Un verre de vouvray !

Dans les Landes, faut pas replanter
des arbres, faut mettre des éoliennes.

Un rhum !

Les coquilles d'escargot, c'est toujours
du logement, c'est jamais des bureaux !

Une Brugs !

Sarkozy, il sort pas de la cuisse de Jupiter,
il est comme nous, il sort de la cuisse
d'un spermatozoïde.

Une coupette framboise !

Je profite que je vais acheter le pain
pour passer au bistrot, comme ça je fais
d'une pierre dix coups.

Un faugères !

Si le monde disparaît, je m'en fous,
je sors jamais.

Un Ricard !

Tu te fais violer, tu fais un livre là-dessus,
il se vend pas, c'est encore plus vexant.

Un formidable !

Avec le portable, les paroles s'envolent
mais les ondes, elles restent.

Un Coca Light !

Martine Aubry, plus elle est grosse,
moins on la voit.

Une poire verre givré !

L'Opéra, il faut tousser, parce que sinon,
ils s'arrêtent jamais ceux-là.

Une mandarine !

– Ils arrêtent pas de parler de Darwin.
– Oui, c'est l'anniversaire de l'évolution.

Un kir châtaigne !

L'arc-en-ciel, en Roumanie, il est gris clair, gris foncé, blanc, noir.

Un rosé !

Le porno, ils baisent toute la journée sinon ils ont la bite qui pousse, c'est comme les dents des lapins.

Un demi !

J'ai que deux amis, ça suffit. Au comptoir, ça m'en fait un de chaque côté.

Un kir framboise !

Le cancer du fumeur ? Il a rien fait le fumeur ! Moi je dis : le cancer du tabac !

Un Ambassadeur !

La planète, je vais pas la léguer à mes enfants, je vais la léguer à mon voisin qui a pas de jardin.

Un Vittel violette !

Tout l'argent qu'on a donné aux banques,
on aurait largement supprimé la faim
dans le monde, et même que maintenant,
ils voudraient maigrir.

Un blagny !

Tu sépares deux siamois,
faudra pas pleurnicher plus tard
quand chacun voudra sa chambre.

Un baby glace !

Décoller des siamois, c'est moins
un exploit que coller deux pas siamois.

Une poire !

Même si t'accouches en période de soldes,
le gosse te coûtera pas moins cher.

Un calva !

C'est chiant d'être un œil, tu regardes,
mais t'entends rien.

Un pastis ballon !

Les obèses, faut les couper en deux et
donner la moitié aux impôts.

Un anjou !

Depuis le temps que je cotise,
je suis jamais malade, la Sécu pourrait
au moins me rembourser les pneus.

Deux portos !

– Elle a la gastro ?
– Je sais pas, je suis pas dans le secret
des dieux.

Un pastaga !

Neuf mois dans le ventre de sa mère,
et toute une vie pour rembourser le loyer.

Une Tuborg !

Plus le chien descend pisser,
plus le maître descend boire.

Une blanche !

Les écolos qu'on a maintenant,
c'est retour à la bougie
boulevard Saint-Germain !

Un lait fraise !

Le dieu des mers, il a que des poissons
à la messe !

Un Ricard !

En étant au chômage, je fais travailler
tous ceux qui s'occupent des chômeurs.

Un porto blanc !

Un copain de bistrot perdu, c'est pas
dix copains de bistrot retrouvés.

Un demi pêche !

Moi, si l'État me donne vingt milliards,
je veux bien aider les banques.

Une Heineken !

Pour sauver la viticulture, on peut boire,
mais pour sauver l'automobile,
on va pas conduire toute la journée !

Un galopin !

Faut pas que je boive trop,
parce que ce soir, je picole.

Un crème sans mousse !

Mozart, ça plaît à tout le monde, les écolos,
ils en mettent pour faire pousser la salade.

Un galopin de blanche !

La grotte de Lascaux, les hommes
préhistoriques chiaient dedans,
et nous, on a même pas le droit de rentrer !

Un Citror !

Pour respecter la planète,
je vais pas me garer dans le ciel !

Un monaco !

Le premier verre du matin, on dirait
qu'il trempe son nez dans le Gange.

Un sauvignon !

Ils font la prière face à La Mecque,
ils feraient mieux de boire l'apéritif
face à l'église !

Un kir !

L'infirmière, un jour, elle accompagne
le malade jusqu'à la mort, le lendemain,
elle accompagne ses gosses à l'école.

Un crème !

Les jeunes qui foutent la merde,
faudrait les choper et les mettre
dans une machine qui fait vieillir.

Un ballon de rosé !

L'Italie, à part les pâtes,
ça change pas de l'Espagne.

Un marc !

Les chanteuses devraient pas avoir le droit
de se faire refaire le nez
sans l'accord du public.

Un noir !

En dessous le gras, le phoque, il porte rien.

Un déca !

Dieu est pas corse, on lui tue son fils
sous ses yeux, il bouge pas !

Un panaché !

Les prunes dans la cocaïne, ça vaudra
jamais dans l'eau-de-vie !

Un alsace !

Le cerveau, c'est quatre-vingts pour cent
de matière grasse, c'est lui qui maigrit
le premier en cas de régime.

Un blanc limé !

C'est bien pour la France, un président des États-Unis antillais.

Une noisette !

Moi, je regarde les gens en face que dans un œil.

Un rosé !

Quand tu laves un bébé, t'as autant de gestes que pour faire la vaisselle.

Un café !

L'été, ça serait bien si ça pleuvait bleu.

Une griottine !

La voiture propre, je suis d'accord, j'arrête pas de laver la mienne.

Un blanc !

L'intelligence artificielle, un débat à la télé, t'as que ça.

Un pastis !

Adjani, elle boit des alcools sucrés,
c'est pour ça qu'elle grossit sucré.

Une Carlsberg !

Carla Bruni, c'est une bourgeoise qui chie
des petits œufs avec des points bleus.

Un vin chaud !

Heureusement qu'il y a des vagues,
la mer, ça l'occupe.

Un grog !

L'âme, c'est la clef USB,
tu mets tout dessus avant de mourir.

Une Pelforth blonde !

Les vaches qui pètent, ça réchauffe
la planète, il lui en faut pas beaucoup
à celle-là !

Une Heineken !

Les familles recomposées,
moi la mienne tout le monde est mort,
elle est décomposée.

Un galop !

Le vin chaud, c'est traître, c'est la sangria
des montagnes.

Un kir du chef !

Le vélo, c'est pour la ville, à la campagne,
faut une bagnole.

Un sauvignon !

On picole, c'est des milliards pour Ricard,
on prend la bagnole, c'est des milliards
pour Total, on bosse,
la boîte se casse la gueule !

Un café kangourou !

La vie peut pas disparaître de la planète,
où tu veux qu'elle aille ?

Une musette !

Si tu manges en regardant la télé,
le cerveau croit que c'est ça que t'as
dans ton assiette.

Un quart beaujolais !

Un marché aux fleurs comme à Rungis,
l'abeille, elle craque sa paye.

Un perroquet !

Galápagos, c'est l'île aux tortues,
la Guadeloupe, c'est l'île aux postiers.

Un thé au lait !

Le muezzin qui dit la prière en haut
du minaret, c'est leur cloche à eux.

Une Évian !

Bifteck, c'est un mot français,
ma grand-mère déjà elle le disait.

Une Pelforth brune !

La raie du cul bien serrée, ça garde
la fraîcheur l'été.

Un pif !

La messe à la télé, faut recevoir l'hostie
par Internet.

Une tomate !

Jésus, il a un peu une forme de sardine,
et Bouddha, un peu une forme de fromage.

Un Pago poire !

L'alcool, pareil que l'atome,
en quarante Ricard, je mute.

Un Palladium !

Avec le TGV, tu bois le blanc à Paris
le matin, le midi tu bois le Ricard
à Marseille, le soir tu bois le kir à Paris,
c'est un train qui fait boire.

Une Export !

Les Eskimos, quand ils pissent,
tout de suite c'est de la glace, quand
ils pleurent, tout de suite c'est de la neige.

Une prune !

L'alzheimer des vieux auteurs,
ça va nous faire des livres faciles à lire.

Un Orangina !

Les terrains de rugby, ils utilisent
la même herbe que pour les vaches.

Un demi !

Liane Foly, elle doit regretter d'avoir
changé de nez, quand tu vois le pognon
que Dany Boon il gagne
avec ses anciennes oreilles.

Une Suze cassis !

Il a les doigts de pied poilus ! mais poilus !
Ses chaussures, c'est des clapiers !

Un serré !

La madeleine de Proust,
je l'ai avec les rillettes.

Une Beck's !

– La mondialisation, c'est fini.
– Je m'en doutais, j'ai pas bougé d'ici.

Un blanc !

Y a des naissances au paradis, ou c'est
que des bébés qui sont morts sur terre ?

Une tomate !

Cardio-vasculaire, c'est comme saucisse
frites, ça va toujours ensemble.

Un bock !

Pour moi, dès que le gosse réclame
son argent de poche,
il est une personne âgée.

Une Kriek !

Une vache qui ferait du café,
elle serait trop nerveuse.

Une pinte Guinness !

Sarkozy, pendant le défilé du 14 Juillet,
il peut plus aller aux cabinets,
il garde sa crotte en pension.

Un pastis limonade !

Avant la relance, faudrait déjà qu'on voie
la lance !

Un Campari !

Ma mère était charcutière,
je suis charcutier, on a le cordon ombilical
en boudin.

Un Hennessy !

C'est pas avec une voiture solaire
que j'irai en vacances en Bretagne !

Une Jenlain !

Avant, c'étaient les connards de la télé qui me gardaient les gosses, maintenant, c'est les tarés sur Internet.

Une cigogne !

Le plus chiant avec les allocations familiales, faut faire les gosses.

Un Vittel fraise !

Les îles comme l'Angleterre, elles sont pas en Europe, elles sont dans la mer.

Une feuille morte !

– Dix bières, t'es pas saoul ?
– Ça va dans ma nappe.

Un muscat !

C'est tellement du cinéma Sarkozy, quand je le vois à la télé, je mange du pop-corn.

Un kir mûre !

Internet, on croit que c'est des jeunes,
alors que c'est plein de vieux
qui s'emmerdent.

Un grand rosé !

Je vois pas pourquoi on va à l'école,
c'est quand on pense à rien qu'on est
le plus heureux.

Une gentiane !

Le muscle que je connais le mieux,
c'est l'entrecôte.

Deux blancs ! Un demi !

Aux antipodes, la terre tourne
dans l'autre sens.

Un chignin !

Enceinte de huit bébés, faut pas accoucher,
faut faire rentrer la baby-sitter dedans.

Un Picon !

La Guadeloupe, vous leur mettez le froid et la pluie, c'est des facteurs qui picolent comme dans *Les Cht'is*.

Un Casa !

Le rugby, ça fait un peu bagarre à l'apéro avec leur ballon en forme d'olive.

Un lait froid !

Le chinois, c'est d'origine quoi ?

Un rhum coco !

C'est facile la trompette,
tu craches dans le goulot,
ça se nettoie comme une bouteille.

Un bal musette !

L'avenir de la planète, l'avenir de la planète ! Je suis pas sa mère !

Un gin !

Ça fait chier d'être considéré comme un Français moyen quand on mesure un mètre quatre-vingt-cinq !

Un abymes !

Je trouve que ça fait pas moderne une voiture en fer avec des roues en caoutchouc.

Un Americano !

La Guadeloupe, ils ont que la banane, c'est une île qui sert que pour le dessert.

Un bourguignon !

La montagne, y a des années sans neige, y a des années où y a plein de neige, heureusement que ça fait pas pareil à la mer.

Un chablis !

Hier, je préfère oublier, et demain je préfère pas y penser !

Un crémant !

Moi c'est un test de grossesse qu'il faut
que je fasse pour savoir si j'ai trop bu.

Un thé glacé !

Les vieux, avant, tu les enterrais pas,
ils tombaient dans le jardin et ça faisait
du compost.

Un cahors !

Y a pas plus épluchure que l'épluchure
de pomme de terre.

Un banyuls !

Il est pas comme la foudre, ça fait dix fois
qu'il tombe au même endroit.

Une Suze !

Les milliards distribués aux banques,
moi devant la mienne,
y avait une crotte de chien.

Un porto !

Dieu, Jésus, Allah, Bouddha,
je crois en tout, après la mort,
je veux pas d'emmerdes.

Un diabolo menthe !

Venise, avec l'humidité, c'est la capitale
du pain mou.

Un baby !

L'indépendance, la France l'a pas,
alors c'est pas la Guadeloupe qui l'aura !

Un Bloody Mary !

Le vin, c'est le sang de la Terre,
si on en plante sur la Lune,
ça sera le sang de la Lune.

Un jus de fraise !

Une soirée en famille, mon père il boit,
ma mère elle se jette par la fenêtre,
moi je me bute, ma sœur elle se pend.

Un Pernod !

La matière première, c'est pas le charbon,
c'est le mineur.

Un Coca ! Un kir ! Un demi !

– Maintenant, dans le car, les jeunes,
ils s'assoient devant.
– Ils vieillissent.

Un cidre doux !

La sardine grillée,
c'est un poisson de jardin.

Deux coupettes !

Comme signe du zodiaque, Poissons,
c'est nul, pourquoi pas Viandes,
pendant qu'on y est !

Un jus de poire !

La terre entière veut plus penser à rien.

Un bock Pelforth !

Si on trouve de la vie dans l'univers,
faudrait pas que ça se bouffe.

Un Duval !

J'ai jamais vu une poule sur une gravure
préhistorique, on sait pas d'où ça vient.

Une Adelscott !

Elle est pas feignante l'huître, moi déjà
un bonnet qui me serre j'ai mal à la tête.

Une Tuborg !

– Y a le journal ?
– J'ai *Aujourd'hui* d'hier, et *France-Soir*
de ce matin.

Un jus de raisin !

Quand on meurt, on voit un couloir
avec une lumière blanche, tu peux mourir
à n'importe quelle heure,
ça reste tout le temps allumé.

Une Leffe !

Je dois porter malheur, chaque fois
que je vote, c'est un connard qui gagne.

Un Ricard ! Un Schweppes !

Sarkozy, c'est du beaujolais nouveau,
t'as qu'une journée avant le vinaigre.

Un Berger blanc !

Depuis qu'on trie les déchets,
j'ai les mêmes déchets,
sauf que j'ai quatorze poubelles.

Un indien !

Mimie Mathy, elle aurait pas été naine,
elle aurait été quoi ?

Un Pernod !

Tous les bistrots qu'on fait tous les jours,
à force, on fait partie des gens du voyage.

Une Avèze !

Le poisson qui pue quand ça grille,
pourquoi la science s'occupe pas de ça ?

Un brouilly !

Si ils suppriment le numéro de département
sur la plaque de la voiture,
je me le mettrai dans le dos !

Un guignolet !

Au comptoir, on a le coude opposable
aux autres coudes !

Un crème !

L'homme préhistorique chassait que
quand il avait faim, j'irai bosser à midi.

Une 16 ! Un 51 !

« Trente millions d'amis »,
moi je les bouffe dans l'année.

Une trappiste ! Un jus d'abricot pour le gamin !

Dans une Rolex, le temps passe pas,
y s'dandine.

Une griottine !

On devrait avoir le droit de faire un procès
à sa banque quand on a jamais de pognon
sur son compte.

Un kir maison !

Le problème avec l'alcool,
ça fait des journées d'alcoolique.

Une Pelforth fraise !

L'énergie solaire, moi ça me fait faire
la sieste.

Une Tuborg !

La barbe, c'est rien qu'un tchador
pour l'homme.

Un porto blanc !

Ça me gêne pas les glaces dans les bistrots,
quand je suis saoul, je crois que
c'est quelqu'un d'autre.

Un Coca !

Moi quand je lis,
c'est comme si je mâche une heure.

Un Perrier rondelle !

Après un porno, toutes ces bites à laver,
ça fait une bonne vaisselle.

Un galop !

On voit pas beaucoup de cimetières,
par rapport au nombre de gens qui
sont morts depuis que la terre existe.

Un jus d'orange ! Une mousse !

Si y a pas de viande morte, les asticots
mangent des légumes morts.

Un quart Vittel !

En France, t'as pas beaucoup d'est
ni d'ouest, c'est petit comme pays,
par contre t'as beaucoup de centre.

Un Orangina vodka !

J'arrive le matin pour boire un coup CDD,
finalement toute la journée je picole CDI.

Un monaco ! Un indien !

Moi je sauverai la planète
que devant ma porte !

Un blanc de Savoie !

– Je sais pas si je prends un café
et que je me remonte ou si je prends
un blanc et que je me redescends…
– C'est le grand chassé-croisé !

Un ballon de rosé !

Je préfère rater le train que courir après,
je suis pas un cheval.

Un café rhum !

Pour moi, l'Afrique, ça devrait être réservé aux animaux.

Un alsace !

Repartir à zéro, ça m'intéresse pas, j'en viens.

Un crème !

Depardieu, il est trop gros, faut deux films pour le faire rentrer en entier.

Un demi !

Adjani, c'est Vénus sortant du frigo.

Un maison !

Planter des croix, c'est un bien grand mot, ça repousse pas.

Un sauvignon ! Un kir !

– Le slip, ça se met pas sur la tête.
– C'est la dictature de la mode !

Une côtes !

La soupe poireaux pomme de terre, même en smoking, on est en robe de chambre.

Une autre côtes !

On est tout le temps malades parce que les microbes ils adorent ça.

Un panaché bien blanc !

Boire le sang du Christ ! Si c'étaient les Arabes qui buvaient le sang d'Allah le dimanche, on aurait pas fini d'en parler !

Un déca !

Ça fait chier de toujours commencer par le commencement !

Un kir !

Je sais pas si l'argent est omniprésent, chez moi il est omnipaslà.

Deux pastis !

La lumière allumée que dans la cuisine,
c'est surtout en province qu'on voit ça.

Un rosé ! Un demi !

– En Guadeloupe, ils boivent du vin blanc
avec de l'essence.
– Pourquoi le vin blanc ?

Un kir !

Quand j'étais petit,
le printemps était plus grand.

Un blanc limé ! Un marc !

Au Louvre, on paye pour tout,
alors qu'en fait, on voit que *La Joconde*.

Un galop !

Quand il va mourir Bocuse, il va sucer
les pissenlits par la racine avec un filet
de vinaigre balsamique et un œuf mollet !

Un alsace !

– Ça fait dix fois que j'ai commandé mon demi bordel il est où ?!
– Ta gueule ! Ça fait dix fois que tu le bois !

Un sauvignon pas frais !

Ses rillettes, on sait pas si c'est de l'oie ou du canard, c'est le chevalier d'Éon.

Une noisette !

Dans la banque, plus t'es un enculé, plus t'as le paradis fiscal !

Un petit rosé !

Un gros qui maigrit, il mange son gras, du coup normalement, il grossit.

Un café !

Le lait, ça sort de la vache, c'est de la viande molle.

Une Suze citron !

Moi j'ai mon RMI, comme ça j'ai besoin
de personne !

Une côtes !

Les dominos, ça oblige à utiliser toute
l'intelligence.

Un moulin !

La voiture électrique, moi je roule pas
sous la pluie !

Un demi fraise !

Dans le parc de l'Élysée,
ils ont des canards, et nous,
ils nous foutent des ours !

Un santenay !

Les oreilles bouchées, pour une jeune fille,
c'est moins romantique
que les yeux fermés.

Un blanc ! Un rouge !

Je fais la poussière lundi, mardi y en a autant qui est revenue, pire qu'à Sangatte !

Un Ricard !

– Depuis que Obama est là,
ça va pas mieux les États-Unis.
– Comme quoi, il est pas plus noir
que vous et moi.

Un kir violette !

Y a plus de place dans les cimetières, le mort, on pourrait lui enterrer le haut et incinérer le bas.

Un pichet beaujolais !

On aurait très bien pu garder la pièce de 1 franc même avec les euros.

Quatre demis pour EDF !

C'est un chien complètement con : un jour, il a mordu un arbre.

Un rosé bien rose !

Même la salade ça salit la vaisselle, alors la voiture propre, je vois pas comment elle salit pas.

Une Avèze !

Pas besoin de faire une famille, moi je me choisis un jeune dans un café et puis je l'aime bien, voilà tout.

Un verre de sancerre !

L'école, plus la cantine, il me ramène des poux pleins de purée !

Un chignin !

Pour les cendres de Sarkozy, on aura pas besoin du Panthéon, un cendrier de bagnole, ça suffira.

Une coupe Krieg !

Aller dans Internet, moi ça me fait peur, j'y vais que pour la Redoute et je ressors.

Un kir !

Le boucher qui a pas vendu sa viande, il peut pas tout manger, mais le fleuriste non plus.

Un vichy menthe !

Quand t'es vieux, vaut mieux aller en prison qu'à l'hôpital, les gardiens sont toujours là alors que les infirmières tu les vois jamais.

Un beaujolais !

La Défense, c'est le Rungis du cadre !

Un demi ! Un Ricard !

Plus personne veut être médecin de campagne, faut aller chez les gens et boire du vin de pays.

Un serré !

Souvent, l'odeur de la lessive, ça sent meilleur que le parfum que se mettent les gens.

Une Suze !

L'indépendance de la Guadeloupe,
je m'en fous, je bois pas de rhum.

Un calva !

– C'est tout ?
– C'est la dose, c'est un calva chinois.

Un Perrier Suze ! Une Suze cassis !

Le bouddhisme, c'est évolué comme
religion, ils mangent de tout.

Deux perroquets ! Une tomate !

Je voulais pas boire, ils me sont tombés
dessus, j'ai eu une cuite non désirée.

Un demi !

Un nain, les habits, c'est moins cher,
il mange moins, il boit moins, et
il peut se faire enterrer dans une jardinière
sur le balcon.

Une Tuborg !

La nature, je l'emmerde,
j'ai pas voté les lois.

Un Pastis avec des chips !

Tout le monde se plaint que c'est cher,
mais personne fait l'effort d'aller voir
dans les coulisses du saucisson.

Deux côtes !

Moi, je suis une mouche de télé,
je regarde que les merdes.

Un saint-amour !

Heureusement qu'on vote pas pour la météo
parce que ça serait le bordel.

Un café !

Celui qui arrive à la fin du mois avec
des sous dans le porte-monnaie,
c'est un milliardaire maintenant !

Une eau du robinet !

Bientôt les SDF on les foutra dans l'espace, les Sans Planète Fixe !

Un rosé !

Moi je vais me barrer à la Guadeloupe ! La plage, les Restos du cœur, le rhum, le RMI !

Un kir !

Ça marche que dans un sens, on mange les poissons d'Alaska mais les Eskimos mangent pas des bananes.

Un jaune cahuettes !

Ils se cachent la drogue dans le cul pour passer la frontière, le Ricard, c'est dans le coffre de la voiture.

Un alsace !

Si tout le monde est réincarné, on va toujours repicoler avec les mêmes.

Un mâcon !

Si vous voyiez comment elle s'ouvre
doucement cette rose ancienne,
il lui faut une habilleuse.

Un Picon !

Ma femme, elle fait du diabète,
c'est pour ça qu'on a eu que des filles.

Un bleu blanc rouge sans le bleu !

Les pays qui meurent de faim,
ils sont tout le temps assis,
ils ont qu'à se bouffer les jambes.

Un panaché !

Tu peux changer de sexe, par contre,
si t'es Vierge, tu seras jamais Lion.

Un demi ! Un café ! Un kir !

Je tape sur mon cerisier avec ma canne
pour lui faire croire que c'est la hache,
tellement il est con.

Deux rouges !

– Dès que je me réveille, je tousse,
je crache.
– T'es un volcan, mon Dédé !

Un demi mousse !

Faut pas trop attendre pour faire des bébés,
sinon ils naissent vieux.

Un gaillac !

Les jeans « équitables » pour sauver
la planète, je rentre pas dedans.

Un petit rosé grand verre !

Les paysans, ils ont beau manger
des légumes frais, ça les empêche
pas de disparaître.

Un demi !

Je connais pas une personne
qui soit aux normes.

Un rosé p'tit glaçon !

– Dans les églises, c'est la flamme de
la bougie qui dit que Dieu est là.
– Ça s'éteint vite !

Un Martini !

Y devrait y avoir une voiture sans permis achetée par la commune, comme ça on se la repasserait.

Un irancy !

Le dalaï-lama, il a pas de biens terrestres, il a tout son pognon sur un yacht !

Une Faxe !

On a pas le droit d'acheter des cigarettes avant dix-huit ans, alors qu'on a le droit de s'engager dans l'armée à dix-sept !

Un savoyard !

L'alcoolisme de haut niveau, t'es à la retraite à quarante ans.

Un bourguignon !

Le couscous, c'est érotique,
la choucroute, c'est porno.

Un communard !

Pourquoi je donnerais mes organes ?!
On m'a donné un foie à moi ?

Un indien !

Si Dieu existe dans le ciel,
on devrait apercevoir un peu de vaisselle.

Un marseillais !

Pour la religion chrétienne,
les seins sont des tétines.

Un breton !

En Afrique, la pluie éparse,
c'est tout le continent entre deux gouttes.

Un turc !

La bite, c'est pas un muscle,
c'est un tendon.

Un alsace !

Les Restos du cœur, ils feraient mieux d'embaucher des chômeurs que faire bosser des bénévoles !

Un promeneur !

Le don d'organe, attention, dès que tu signes le papier, c'est à eux.

Un planteur !

L'Égypte ancienne, c'est que des pyramides, vous n'avez pas des vieilles fermes ou des moulins comme chez nous.

Un sancerre rosé !

C'est normal que le gars qui travaille paye un coup au mec à la retraite, c'est l'apéro par répartition.

Un saint-nicolas !

Le premier truc que je regarde chez une femme, c'est ce qu'elle boit.

Une Affligem !

Je suis né dans mon sommeil,
je me suis réveillé, c'était fait.

Un Gini pour la mère à Titi !

Contre le cancer, le mieux, c'est le brocoli.

Une Record pour le recordman !

Bashung, c'est ma génération, et d'ailleurs,
je vais mourir aussi !

Une framboise alcool !

Le premier homme qui va habiter
sur la Lune, c'est comme s'il est gardien
de parking.

Un kir pêche de vigne !

C'est la fin de la trêve hivernale,
j'ai mes primevères qui se font expulser.

Un blanc pour l'homme !

Le cancer de Bashung, quand il chantait,
il était aux premières loges !

Deux Avèze pour les sportifs !

Une bonne caricature de la connasse de poule, c'est l'œuf.

Une Pelforth fraise !

Heureusement que les poussières coassent pas la nuit quand on dort.

Un diabolo banane verte !

Avant, je faisais gaffe, mais à cause de ces enculés de la Caisse d'Épargne, maintenant, quand je vois un écureuil qui traverse la route, je roule dessus !

Un bock blanche !

Je peux rester debout des heures si y a un comptoir. À la maison, dès que je rentre, je m'assois.

Un Tarantino !

– Tu bois pas avec nous ?
– Il boit assis, c'est sa position de recherche de vitesse.

Un déca sucrettes !

Le moteur à eau, pour la papamobile, elle sera bénite.

Une Spaten !

Le Festival de Cannes, tu pousses la grosse Adjani, tu trouves que des Pakistanais sous-payés en cuisine.

Un pareil même chose !

Nous, on est pas rivière de diamants, on est rivière de vin blanc !

Un Get !

Les handicapés, ils veulent faire du sport, ils veulent travailler, ils veulent faire tout ce que nous on fait pas.

Un pas dormi !

Heureusement que le temps c'est pas de l'argent, les banquiers, ils nous auraient perdu un million d'années !

Un saucisson beurre ! Un demi !

Neuf mois de voyage de la Terre
à la planète Mars, ça va en faire
des barquettes de taboulé.

Un miroir ! Un demi !

Les Pygmées, on les protégerait plus si ça
se bouffait, avec un AOC de Pygmée.

Un Clan !

L'eau bout à cent degrés, elle part pas
du boulot à cinquante degrés !

Un diabolo menthe !

C'est à la naissance qu'on prend
le plus gros coup de vieux.

Un j'ai arrêté !

La Lune devrait être couverte de neige,
vu l'altitude.

Un Vittel menthe glaciale !

Ils ont du mérite ceux qui lisent
avec des lunettes.

Un camembert beurre ! Une côtes !

L'Europe, ça serait plus loin,
ça me dérangerait pas.

Une myrtille !

Un écrivain, faut pas qu'il fasse que ça,
faut qu'il travaille à côté,
de Gaulle, il a pas fait que ses Mémoires,
il a travaillé à côté.

Un 51 !

Pastis 51, Pernod 45, Get 27,
j'ai toujours été dans le numérique.

Un Ricard fraise !

Le chômage galopant, j'ai toujours
été chômeur, j'ai jamais couru.

Un demi ! Un blanc ! Pas dans le même verre !

– La violence, c'est héréditaire.
– Faut mettre un portier à l'ovule,
pour pas laisser rentrer un voyou.

Un Ricqlès !

Bashung, on l'enterre le premier jour
du printemps, pour que ça germe.

Une Carlsberg !

J'ai le niveau qui baisse dans l'aquarium,
j'ai mon poisson qui me boit toute l'eau.

Un café mouillé !

Y aurait pas le rhum de la Martinique,
y aurait moins de grèves en Guadeloupe !

Une Faxe !

C'est pas l'alcool qui donne le cancer,
c'est les particules du verre
qui se décollent.

Un noir !

Le café le matin, ça donne le coup de fouet, c'est l'énergie café-motrice !

Un Vittel caramel !

Le printemps, en plus un vendredi, ça aurait été con de pas être saouls comme des vaches.

Une Suze !

– Le printemps, je l'ai dans mes pots depuis un mois.
– C'est pas du printemps de cette année, c'est du printemps qui vous reste de l'année dernière.

Un accident !

Y a trop de bagnoles ! Le sirop de la rue, maintenant, c'est l'essence.

Un jus !

Une heure en prison, c'est plus long que dehors, et comme y a moins de place, faut se l'entortiller.

Un café à emporter !

Ils ramènent des marteaux à l'école pour taper sur les professeurs, et après, ils se plaignent que le cartable est trop lourd !

Une poire givrée !

L'Afrique, ça sert à rien.

Un vouvray !

Le poulet de Bresse, il vient pas du Maroc ! Le Label rouge, c'est plus surveillé que pour la carte d'identité !

Un kirsch !

– Je pourrais te faire la liste de tout ce que j'ai oublié.
– Moi pareil, je me souviens plus de ce que j'ai oublié que de ce que je me rappelle.

Un goudron !

Mourir noyé en Afrique, c'est comme nous un accident avec une Rolls.

Un Vittel cassis !

La Balance de la Justice,
on sait plus comment ça marche,
c'est de l'électronique maintenant.

Une limo !

Les Restaurants du cœur,
j'ai donné des raviolis, le Sidaction,
je vais donner des sardines.

Un baby côtes !

Si le vin français est pas bon,
c'est à cause des bouchons espagnols.

Un pic !

Avec huit chiens, c'est du traîneau
sur crottes qu'ils font les mecs
dans le Grand Nord.

Un galop à pied !

« Meilleur Ouvrier de France »,
bientôt ça sera remplacé par
« Meilleur Chômeur » !

Un lait cerise !

Si la bite, c'était un muscle,
moi ma bite elle aurait du ventre.

Un demi pêche !

L'intérieur du corps, c'est une sorte de
plante grimpante qui s'entortille aux os…
en fait.

Un kir maison !

Personne croira que t'as pas bu
si t'emplafonnes une voiture Ricard.

Un pas parti !

Mon cœur, quand je meurs,
je veux qu'on le greffe à ma bagnole.

Un blanc !

Le premier apprentissage de la diversité,
c'est la grosse boîte de crayons de couleur.

Un rouge !

Faudrait accoucher d'un ver de terre, en cas de divorce, on peut le couper en deux !

Un rosé !

Y a des familles qui ont jamais quitté Lascaux depuis la préhistoire.

Un noir !

Donner mon cœur, ça marchera pas, déjà que j'arrive pas à dormir dans un lit qui est pas le mien.

Un petit Duc !

Nous, on est que la partie visible du glaçon !

Un café goutte !

Le sida, ils vont à la télé, moi, la coqueluche, ma mère elle me cachait !

Un alpin !

Pour la transmission de pensée,
faut pas avoir les cheveux mouillés.

Une Brugs !

Un peintre, il a beau être italien,
si son tableau est dans un musée en France,
c'est un peintre français.

Un cidre !

Une autopsie, si c'est un Chinois,
ça nous apprend rien à nous,
c'est un corps qui est chinois.

Une bombe !

Un Antillais, physiquement,
il fait plus bio qu'un Allemand.

Une aspirine vin rouge !

Les patrons, ils ont les parachutes dorés,
nous, les mouchoirs en papier.

Un perroquet !

Les fumeurs, faut leur mettre une souris
de labo dans le poumon,
comme ça y verraient !

Une tomate !

Soixante ans, c'est pas trois fois vingt ans,
c'est soixante ans.

Un blanc cass !

Vu le nombre de places en crèche,
tu risques pas d'y mettre un bœuf !

Un grog !

C'est pas important
ce qui se passe dans le monde,
avec ils font des journaux gratuits.

Un Casa !

Les parachutes dorés, faut les attendre
en bas avec des fourches !

Un igloo !

Le thymus, c'est une glande en ris de veau
qu'on a là dans la gorge.

Un museau ! Un rouge !

Tout le monde veut sortir de son quotidien,
après faut pas s'étonner
si c'est tout vide !

Un café serré !

Le café, c'est de la caféine, j'en ai besoin,
j'ai la siestéine.

Un Vittel grenadine ballon !

Je bois plus, je prends un Vittel grenadine
dans un verre ballon,
ça me fait trompe-l'œil.

Un crème !

Le patinage artistique, rien que d'y penser,
j'ai froid aux pieds.

Un demi !

Le Tour de France en vélo,
ça fait pays où y a pas de pétrole.

Une fouine !

Ce qui est dommage dans la vie,
c'est qu'il n'y a pas une musique
comme dans les films.

Une gentiane !

La musique, ça existe pas,
c'est de la vapeur d'eau qui chante.

Un rosé glaçons !

La couleur de la peau, ça veut rien dire,
tous les Blancs que je connais,
ils sont rouges.

Un demi ! Un Ricard !

Les milliards de milliards qu'ils donnent
aux banques, si c'est l'argent
des contribuables, c'est sûr qu'on paye
trop d'impôts !

Un muscat glacé !

Père à treize ans, ça lui fait des spermatozoïdes qui ont pas encore les pattes, au papa.

Un café !

L'eau, depuis que la terre existe, elle a jamais vieilli.

Un anis Gras !

Le microbe qui habite dans le cœur, je sais pas comment il fait pour arriver à s'endormir.

Une coupette framboise !

C'est au café des chasseurs qu'on voit le plus de tronches d'animaux.

Une Kriek !

Quand on parle du « tri des déchets », j'ai l'impression d'entendre quand on m'a renvoyé de l'école.

Un chinon !

La gelée royale, c'est bon pour l'épiderme,
les abeilles, elles ont une belle peau.

Un faugères !

Sarkozy, c'est une biscotte, Chirac,
c'est un pain.

Un mètre Ricard !

Si Hitler avait été une bonne femme,
les mecs auraient pas laissé faire,
ils auraient dit que c'est une folle !

Un formidable !

Moi, je protège la planète,
j'y vais jamais à la campagne.

Deux demis !

– Tu veux quoi sur ta pierre tombale ?
– Une bière.

Une mauresque !

La grippe, c'est un virus femelle,
alors que le sida, c'est un mâle.

Un diabolo citron !

Le retrait de permis chez l'homme,
c'est un peu comme l'excision
chez la femme.

Un lait miel !

L'interdiction de fumer pendant les bals,
c'est surtout bon pour les accordéons.

Un kir framboise !

Faut pas parler longtemps avec lui,
c'est pire que si tu bois
avec une plante grimpante !

Une girafe !

Moi c'est quand je fume que je respire.

Un Vittel !

Pour moi, l'eau est un végétal.

Une pomme poire !

Il faudrait un nouveau Mai 68,
pour chasser les anciens de 68.

Une tomate bien mûre !

Les rugbymen, ils sortent pas de la mêlée
quand ils ont envie de pisser,
ils se pissent dessus.

Un panaché !

Avec la banquise qui fond, on va retrouver
toutes les motoneiges des Eskimos
en vente sur eBay.

Un merlot !

Le pape, c'est un con ! Si ça continue,
je prends le ciel, je le déchire !

Un express ! Une limo !

Le mur, c'est pas entre Israël
et les Palestiniens qu'il faut le construire,
c'est autour des deux.

Un royal framboise !

C'est l'haleine de mon père qui m'a
habitué à l'alcool quand j'étais petit.

Un pic pic !

Ma femme, moi, la chienne, le chat,
on est quatre races différentes à la maison.

Une bullée !

La morale, faut pas trop qu'elle soit
dans le cerveau,
c'est bien si elle est dans la main.

Une cuitée !

Avant, le mec qui avait rien, il habitait
dans une grotte, aujourd'hui,
il habite dans un carton !

Une roteuse !

Le dalaï-lama,
c'est une forme d'islamisme modéré.

Un Orangina trois pailles !

Le bruit qu'il fait quand il pète,
c'est pas de la flore intestinale qu'il a,
c'est de la faune.

Un seau pour le chien !

L'argent, la sexualité, ça va ensemble,
je me suis fait enculer par la banque !

Une assiette pour le chat !

Je suis moins malade quand j'ai trop bu
que quand j'ai trop mangé.

Un café pain au chocolat !

Les anciens de 68, ils ont la tripe
révolutionnaire qui a gélifié.

Un kir châtaigne !

Des sportifs qui se doperont jamais,
c'est les facteurs à vélo.

Un origine de l'univers !

Tous pareils ! mains de pianiste,
bite d'accordéoniste !

Un demi grande mousse !

C'est pas l'école qui m'a appris
la géographie de la France,
c'est ma bagnole.

Un bock !

Le tremblement de terre en Italie,
avec les conneries qu'il dit Berlusconi,
c'est pas étonnant.

Un apremont !

Dans la trompe d'éléphant,
t'as des poils de nez de cinq mètres.

Deux grands blancs !

– Toute la journée on nous emmerde pour protéger la terre, résultat, elle tremble !
– Qu'elle aille se faire enculer la terre !

Un grand rouge !

Le vieux de quatre-vingt-dix ans
qui veut se faire incinérer,
il a pas un pied dans la tombe,
il a un pied dans la cendre.

Un petit blanc !

Si y a de l'eau sur Mars,
forcément y a des canards.

Un grand rosé !

Les ondes, ça gèle pas, sinon l'hiver
on se foutrait la gueule dedans.

Un grand blanc !

L'usine de moutarde qui ferme à Dijon,
c'est une chose que j'aurais jamais cru voir
de mon vivant.

Une blonde !

Pourquoi le goudron, ils le font pas vert ?

Une brune !

La météo, c'est des branleurs, un stage quand il pleut, un stage quand il fait beau, ils ont le diplôme !

Une rousse !

Café de la Place, Café de la Poste, Café du Marché, c'est le triangle des Bermudes.

Un noir !

Mon père, dans sa main, il avait la ligne de vie et la ligne de gifle.

Un sauvignon pas trop frais !

Le bois, c'est comme du pain qui se mange pas.

Un muscadet !

On était des singes, on est devenus des hommes et depuis, on est rien devenus.

Un galopin !

– On peut rien contre les forces
de la nature.
– Moi je tonds la pelouse.

Un limé !

Les Africains, ils supportent la chaleur,
c'est des anciens lézards.

Un serré !

9 heures, c'est la Vivante,
midi, c'est la Soifante,
3 heures, c'est la Feignante,
6 heures, c'est la Buvante,
9 heures, c'est la Bouffante,
minuit, c'est la Ronflante...
Il est Soifante moins dix, monsieur...

Un JB !

Des cerises en hiver, après ils voudront
des ananas au cimetière !

Une 16 !

Y a une chance sur cent milliards d'être immortel, mais comme déjà cent milliards de gens sont morts, j'ai une chance.

Un bergerac !

Comme les patrons, c'est de la merde, la constipation est une forme de séquestration !

Une roussette !

Pour les Algériens, y a pas d'avenir, ni chez eux, ni nulle part.

Un guignolet kirsch !

J'ai pris un but à domicile, les gosses m'ont cassé un carreau !

Une Suze limonade !

Parkinson, tu peux pas jouer aux cartes, tu peux pas tricoter, c'est une maladie pour faire chier les vieux.

Une mauresque !

Les talibans, pour la journée de la femme,
ils en pendent deux cents.

Un pétillant !

Mon mari, vous lui lavez le cerveau,
vous aurez cinq eaux de rinçage !

Un Martini gin ! Un demi !

– Il met le nez dans le verre de tout
le monde, il paye jamais un coup !
– Faut pas boire avec Fourmilier.

Un saint-julien !

Ils ne veulent pas dire le nom du donneur
quand y a une greffe d'organe,
parce que souvent, ça vient d'un cochon.

Une pinte Guinness !

Tous mes accidents domestiques,
je les ai faits au café.

Un savoie !

Pour arrêter de fumer, le mieux
c'est le ciment dans le poumon.

Un cahors !

Métal, ça fait casserole, alors que métaux,
ça fait sérieux.

Un banyuls !

Celui qui vit jusqu'à cent ans, il devrait
avoir le droit de devenir un arbre.

Un lait coco !

Le réchauffement climatique,
ça sera pas pire comme phénomène
que le temps qui passe.

Un kir pêche de vigne !

La prière du soir, c'est ça qui fait mourir
dans la nuit.

Un alsace avec un croissant !

Le poulpe, avant, il jetait de l'encre,
maintenant, il envoie un SMS !

Un vichy fraise !

Je mange toujours la saucisse de gauche
à droite, comme quand je lis.

Un chiroubles !

Je vois pas pourquoi on les paye autant
les conducteurs de train, y a qu'à suivre
les rails.

Un tavel !

Pour pas salir la planète, les poubelles,
je les mets dans la chambre du gosse.

Un crémant !

Quand ils font le musée gratuit,
ils enlèvent les vrais tableaux
et ils t'en remettent des faux.

Un demi !

Avec l'alzheimer, c'est fini les grand-mères
qui font des confitures, elles épluchent
le chat et elles font cuire les rideaux.

Une clairette !

L'Afrique, ils s'en foutent
du réchauffement climatique,
ils l'ont déjà eu.

Un rouge !

Le lièvre, il est avec de Gaulle, le lapin,
il est avec Pétain !

Un pichet rosé !

Un légume qui est toujours de saison,
c'est la pizza.

Un pichet savoie !

Le voile islamique, t'arrêtes de croire,
ça sonne.

Un pichet merlot !

Si on laissait faire les écologistes, ils mettraient une salade sur la croix du Christ.

Un pichet beaujolais !

Tant que c'est les femmes qui feront les gosses, on aura des chiards.

Un grand rouge pour nez rouge !

Moi la connerie ça me fait rien, je suis porteur sain.

Un petit rouge pour nez blanc !

Je suis hémophile, dès que je renverse un verre, j'arrête plus de renverser.

Un demi !

Faut se méfier de Obama, sa femme, elle chausse du 42.

Un kir !

Avant de faire des vols habités dans l'espace, qu'ils nous fassent des immeubles habités sur la terre !

Un drapeau !

La fracture sociale, ça empire, l'os est sorti !

Un blanc cassis !

Pour l'alcool, le matin, j'ai le penchant, le soir, j'ai le tombant.

Un Vittel menthe !

Y en a qui ont cinq adresses Internet pendant que d'autres, ils dorment dehors !

Une casquette !

Il faut du malheur pour créer ! L'artiste, il dit ça quand tout va bien.

Un Ricard ballon !

En Afrique, ils viennent de l'aube des temps, ils ont toujours pas eu le midi.

Un demi ! Un JB !

Les bureaux, c'est le tertiaire, normal qu'avec la finance on se retrouve au quaternaire.

Une note de frais !

Je veux bien donner mon nez, si ça peut sauver une vie.

Un loupiac !

C'est de notoriété publique que les prévisions météo c'est payé par les hôteliers.

Une tomate ! Une blanquette de Limoux ! Un Joker ananas !

Au Bengale, le seigneur de la forêt, c'est le tigre, en France, c'est le cèpe.

Un blanc de régime !

Charles de Gaulle, ça va mieux pour
un porte-avion que pour une fraise.

Une Suze !

Dès que je suis enfermé dans une pièce,
je bois mon pipi, c'est marqué
dans les livres de survie.

Un pingouin !

Au Loto, l'argent est gagné, c'est au boulot
que l'argent est volé !

Un blanc !

Un glaçon dans le Ricard,
pour lui c'est le cap Horn,
faut pas l'envoyer naviguer par là-bas !

Un rosé pas frais !

Les curés, ils sont pas cons, si ils font
une abbaye, c'est qu'il y a des morilles.

Un rouge !

Ils remettent le loup pour faire beau, ils ont qu'à ramener la peste, ça mettait de l'ambiance dans les villages !

Un kir mûre !

Moi, quand j'ai été fait, c'est pas le spermatozoïde qui est rentré dans l'ovule, c'est l'ovule qui est sorti.

Une Faxe !

Si tu laisses la nature se débrouiller toute seule, t'auras même pas une carotte pour la soupe.

Une Kriek !

La récréation à l'école, ça hurle d'un coup, on dirait la pub à la télé.

Un jus de pomme !

La sage-femme, elle a autant de ménage après l'accouchement que de travail pendant.

Une feuille morte !

Le poisson, c'est une viande spéciale
pour aller dans l'eau.

Un sec beurre ! Un juliénas !

La Journée mondiale de la Terre,
on va pas faire de folies, on a que de
l'estragon sur le rebord de la fenêtre.

Un café verre d'eau !

Le racisme,
c'est une sorte de globule blanc.

Un Pernod ! Un demi !

– Dieu est mort !
– Personne est irremplaçable.

Un demi !

Quand tu vois les milliers de livres
qui sortent par an, l'art est facile
maintenant, c'est la critique qui est difficile.

Un autre demi !

Faut boire au moins deux jours de suite,
moi c'est repicoler un lendemain de cuite
que je préfère.

Encore un demi !

Les plantes carnivores, pour les faire
grossir, faut des mouches en sauce.

Un dernier demi !

La plus grosse empreinte génétique,
c'est la bouse de vache.

Un ballon !

Un grand vin, ça se boit assis, un petit vin,
ça se boit debout.

Un cappuccino !

Tout le pognon qu'ils ont donné
aux banques, ça a servi à rien,
qu'ils nous le donnent à nous,
que au moins ça serve à rien
pour quelque chose.

Une Pelforth !

Je bois plus de café,
ça me fait la langue en berne.

Un retrait de permis !

Le vin bio ne respecte pas la nature,
on en boit plus, on a des accidents.

Un rosé une goutte goutte goutte de cassis !

Il s'assoit dans le jardin, toute la journée
il chante la même chose, il a le rhume
des foins mental !

Un demi !

Chaque fois qu'on est égaux,
c'est qu'on est tous dans la merde.

Un verre de roussette !

Tu trouvais un cèpe de trois kilos,
t'étais dans le journal, aujourd'hui
t'en trouves pas, tu fais la une.

Un porto !

Y a pas de Noirs dans le cinéma
parce qu'on peut pas les éclairer.

Un kir !

Nous, on faisait du ski dans la purée
avec la fourchette, maintenant, les gosses,
ils font de la moto
avec le couteau sur la pizza.

Un perroquet plein de plumes !

Si ils enlèvent le numéro du département,
on pourra plus savoir si c'est un connard
qui roule.

Un Pernod !

Jésus est jamais venu en France.

Un abymes !

– Ferme ta bouche, ça fait courant d'air
avec ton cul !
– La dernière fois que j'ai entendu ça,
c'était à la maternelle.

Un blanc goutte d'orange !

Au Japon, ils mangent beaucoup de soupe parce que c'est une île.

Une Tourtel !

La vie a pas de prix, c'est pour ça que ça vaut rien.

Un ballon crevé !

Ils enlèvent le numéro du département sur la plaque de la bagnole, alors qu'ils enlèvent aussi les 0,5 gramme !

Une Dortmund ! Un alsace !

– Les gynécologues, en faculté, ils s'entraînent sur des cochons.
– C'est pas pareil.

Un Ricky !

Il représente bien la France le drapeau français : ciel bleu, vin blanc, vin rouge.

Un lait froid !

Les pédophiles, je les mettrais
dans les hospices à torcher les vieux !

Un jambon de pays ! Un rouge !

On est la société du chômage des moins de vingt-cinq ans, et de la retraite des plus de vingt-six !

Un demi et un entier !

Des guerres tous les jours, on finit par se lasser, alors que la météo tous les jours, ça nous passionne !

Un panach !

Le Noir, c'est une musique de peau.

Un perniflard !

Un éléphant, c'est beau,
mais faut du terrain.

Un déca noisette !

La grippe porcine, si elle saute sur un vieux, ça a pas le même goût.

Un café décaféiné ! Un calva décalvaïsé !

Le cancer, c'est un pit-bull, en fumant, tu le détaches.

Un jus d'abricot !

Ce qu'il faudrait pour l'homme empâté, c'est un pastis amincissant.

Un demi !

La peine de mort a jamais empêché le crime, un rat dans le cul, ça peut marcher.

Un bock ! Un kir !

Le matin, faudrait qu'on puisse passer par Internet plutôt que prendre le métro.

Un Duval !

Jean Marais, Jean Cocteau, c'est des enculés mythiques.

Une Adelscott !

La grippe porcine, ils ferment les écoles,
les églises, pas les charcuteries !

Un rosé limé !

Sous les pavés, le goudron !
Sous le goudron, la plage !

Un baby limonade !

Une boisson sans alcool au comptoir,
tu paies la TVA pareil, comme si tu cotises
à la Sécu sans être malade.

Un grog sans eau !

La Terre n'est pas née dans l'espace
avec du travail dessus.

Un rouge sans pied !

Les pédés nous ont foutu le sida,
maintenant c'est les cochons qui nous
foutent la grippe !

Un seau de blanc pour Hulk !

Les Allemands, en casquettes,
c'est les plus forts.

Une Carlsberg !

Si t'as été greffé du cœur,
à ta mort tu peux le redonner, tu t'en fous,
il est pas à toi.

Un jusqu'au bord !

La répartition des tâches, moi c'est le vin,
ma femme c'est l'œuf.

Un plus vite que ça !

La Joconde, je la foutrais à la rue,
et les mecs qui dorment dehors,
je les mettrais au Louvre !

Un monaco !

Le plus facile à dire à haute voix,
c'est les conneries.

Une Jenlain !

Quand on sait pas nager,
on prend pas un double.

Un lait chaud rhum !

Faut pas les séquestrer les patrons, faut leur couper la tête et la mettre dans le frigo !

Un brouilly !

La nature, sans l'homme, c'est pas les fraises qui vont admirer les framboises !

Une coupette !

Moi, la cuisine turque,
ça me fait la crotte aviaire.

Un café !

Les SDF qui vivent dans les cartons,
l'hiver, faudrait les mettre
dans les machines à café.

Une noisette !

La grippe porcine,
ça nous change un peu de la crise.

Un Ricard !

Quitte à avoir des Noirs, ça serait bien
d'avoir aussi Harlem.

Un kir !

Ils mettent le surf en option au bac,
bientôt, vous aurez le lécher de glace.

Deux demis !

– Si on peut mourir à la naissance,
on doit pouvoir naître à la mort.
– Ta gueule.

Un rouge !

La grippe aviaire, la grippe porcine,
c'est la vengeance des animaux
qu'on mange !

Un rosé du matin chagrin !

Il n'y a que le travail pour y arriver,
c'est pour ça qu'on n'y arrive pas.

Un blanc citron !

Le temps, ça va pas du tout dans le sens
des aiguilles d'une montre.

Un vichy !

Un gâteau, je prends un kilo, le sucre,
je le garde tout intra-muros.

Un jus de pomme !

Les villes sous-marines,
on aura des nénuphars sur les balcons.

Un kir à la cerise !

Je bois du kir à la cerise,
pour échapper à la grisaille.

Un cahors !

Tu donnais un rein pour sauver une vie,
aujourd'hui tu le vends pour rembourser
la machine à laver.

Un chocolat !

Les rivières sont tellement polluées
que jeter des cailloux ça fait plus
des ronds dans l'eau.

Un San Pé !

On a eu les nazis au plateau des Glières,
maintenant, ils nous y remettent des loups !

Un armagnac !

Canards au Cointreau, canards au marc,
canards au rhum,
on s'est fait la cuite aviaire.

Un lait chaud si y en a pas un kir !

Les villes-dortoirs,
c'est pas fait pour la sieste.

Un chablis !

Johnny, c'est un dieu, sauf que lui,
tu lui cloueras pas son fils !

Un Ricard ! Une grenadine !

Le sud de la France,
c'est tout une plage privée, le nord,
c'est tout une fosse commune.

Un pitiot !

Plus je bois, plus j'ai soif,
comme un tas de sable.

Un reviens-y !

Aujourd'hui, on a le passé devant nous !

Un Pepsi !

Dix demis dans le ventre ?
tu fais chambre d'hôtes ?

Une griotte !

C'est pas la Bible qui te fera gagner
aux chevaux.

Une Avèze limo !

La mouche, quand elle voit ses bébés asticots, elle se demande qui c'est le père ?

Un Vittel violette !

Dans un camp de nudistes,
tu peux te retrouver vite enceinte
à cause des abeilles
qui vont qui viennent.

Un blagny !

Le calva dans le déca,
ça dure pas toute une vie.

Un porto ! Une Suze ! Un anjou !

– Une crotte de chien dans la rue,
c'est pour moi, le pied dedans.
– Je balaye, mon mari direct
il va dans les balayures.
– La grand-mère, une épluchure
sur le carrelage de la cuisine, zip,
elle y a droit !
– On est pas faits pour marcher.

Une blanche !

Ça fait longtemps que j'étais pas allé dans ce café, c'est l'émotion plus que l'alcool qui m'a saoulé.

Une Tourtel !

Des nazis turcs,
ça aurait pas marché pareil en France.

Une poire !

Pourquoi y a des humains qui sont moches alors que des fois, t'as des insectes qui sont magnifiques ?

Un anjou !

Mon foie c'est un champignon chinois,
ça triple de volume quand je bois.

Un demi Heineken !

La plante carnivore, elle fait pas la queue chez le boucher !

Un pareil !

Une vache médaillée d'or,
elle va pas au Fouquet's.

Une rondelle !

On peut maigrir en mangeant, moi-même,
je débourre en me saoulant.

Un blanc !

Je comprendrai jamais pourquoi un jour
il fait beau et le lendemain
c'est un temps pourri ?!

Un rouge saignant !

Pour moi, le chirurgien qui mange
de la viande, c'est un malade mental.

Un rosé !

Johnny Hallyday,
il a jamais planté un légume.

Un demi tribord jusqu'au bord !

Un obèse, ça devrait pas avoir le droit de voler.

Une mirabelle ! Un blanc !

– Le virus de la grippe, il peut vivre deux jours sur un billet de banque.
– Moi le billet, il me fait pas la journée.

Un mâcon pas con !

Sur une nature morte, la nature la plus morte, c'est le bois du cadre.

Un Americano !

Le suicide, c'est de la légitime défense.

Un gratuit y en a pas !

C'est le muguet de culture qui porte bonheur, le muguet sauvage, il s'en branle.

Un rince maison !

Quand y avait pas l'électricité, elles se posaient sur quoi les hirondelles ?

Une bulle !

Pierre s'est fait virer de chez lui,
je le prends à la maison, je m'en fous,
de toute façon, je suis chez Christine.

Un saint-pourçain !

Un pichet de vin, finalement, ça pourrait
être un pichet d'eau, c'est la même forme.

Un loupiac !

On est pas dans un village nous,
on est au bord de la route.

Un rhum ananas !

Les écologistes ont tous la moustache
parce que ça sent le cheval.

Une Heineken !

Lui, il arrête de boire, y s'en va,
il vient plus ici, on sait plus où il est,
alors que nous, on sait qu'on est là.

Une tomate bien mûre !

Moi c'est pas la pleine lune
qui me donne envie de tuer des gens,
c'est la terre.

Un Martini rosé !

Dans la religion catholique, le 1er Mai,
c'est Jésus qui va au muguet.

Un formidable ! Un demi ! Un bock ! Un rien !

Le prix Albert-Londres, c'est comme
si nous on a le Marcel-Paris.

Un thé-rèse !

Plus Paris grandit,
plus les appartements sont petits.

Du vin pour le vieux !

Quand ça brûle par les deux bouts,
normal que tu meures au milieu.

Un Ricard ! Deux cafés !

Moi j'en ai rien à foutre des Noirs, c'est pas le problème, si le Noir il est pas con, il est pas con, il est noir, mais si le Noir il est con c'est un con, le Noir il est con, ou même si c'est un Chinois, on oublie, c'est pareil, c'est un Chinois, si il est con il est con, le Chinois, comme le con de Noir que je vous dis, vous, vous êtes pas des cons, vous êtes noirs, vous êtes deux Noirs, vous êtes pas deux cons de Noirs, le Chinois, si c'est un con, le Noir, si c'est un con, c'est des cons de Noirs et des Chinois de cons, c'est tout, moi je vous dis ça comme ça, c'est pour vous,
de toute façon moi j'aime pas parler.

Un quincy !

Si on est obligés de choisir entre
l'hôpital public et l'hôpital privé,
faut pas avoir une maladie publique
et une privée, l'amiante et l'alcoolisme.

Un bleu assiette avec un rouge dans le verre !

Le Parisien, ça fait joli sur un comptoir,
avec le pain.

Un cantal ! Un blanc !

Je laisse le temps au temps, et du coup,
je fous rien.

Un rosé ! Un Coca américain !

– Si c'est vrai qu'on ressuscite, la mort,
du coup, elle est plus courte que la vie.
– La mort est courte ?
– La mort est courte.

Un nuageux !

Je préfère un roman sur un boulanger
parce que je peux vivre la vie du héros.

Un sec beurre ! Un mouillé ballon !

J'aime pas rire, ça fait singe.

Un assiette de charcuterie ! Un pichet merlot !

Cinquante pour cent de notre paye qui part
dans leurs impôts, et y en a d'autres,
c'est cinquante pour cent de nos impôts
qui partent dans leur paye !

Un Picon !

Je préférais boire l'apéritif
quand c'était avec les francs.

Un Cynar il en reste !

Quand tu colles ton timbre avec la langue,
tu travailles pour la poste en fait.

Un bourgueil !

La grippe porcine,
on dirait un gadget de Pif.

Un fœtus !

Moi, l'enfance, je classe parc naturel,
interdiction de construire !

Une momie !

– J'ai rêvé que je buvais de l'armagnac
en mangeant du pâté pour chat.
– T'as pas rêvé, c'était hier soir ici.

Un café avec sa pluie !

C'est parce qu'on a inventé le béton un jour qu'on a pu construire la tour Eiffel !

Un Perrier citron !

Un bébé qui naît, on peut le tirer par les bras ou par la tête, c'est souple, mais un vieillard qui meurt, on peut pas y toucher.

Un Ricard pour la bête !

Ma vie aux enchères,
j'aurais pas mis un euro !

Un grand kir !

À Lourdes, j'ai vu la Grotte et j'ai pris une cuite, ça me fait deux pèlerinages.

Un demi sans mousse !

Un jour, on aura sur l'équateur une autoroute qui fait le tour.

Un Viandox !

Les femmes, elles se plaignent mais elles dirigent tout… tiens, à La Poste, c'est que des femmes.

Une griottine !

Un élève qui donne un coup de couteau, évidemment ! dans la classe, ils n'ont même plus un compas !

Un café petit verre d'eau !

Les jumeaux, tout est multiplié par deux, sauf le caca, c'est multiplié par douze.

Un demi !

Il faudrait des aimants géants à l'entrée des écoles, ceux qui entrent avec des armes, ça les colle au plafond.

Un apremont !

Chez l'homme, la maturité sexuelle est déjà trop mûre.

Une 16 ! Un 51 !

– Il faudrait télécharger la mémoire pour pouvoir se la remettre dans le cerveau pendant l'alzheimer.
– Monsieur Je sais tout !

Une Stella !

Les ballets russes, les grosses étoiles, c'est des Russes, tous les autres, c'est des Yougos.

Un chardonneret !

Parler en mâchant, j'en connais plein, parler en sirotant, jamais vu ça !

Un ballon d'alsace !

Un homme qui se fait opérer pour devenir une femme, il a plus une fringue de bonne.

Un JB pour le professeur !

Naître, je l'ai fait une fois, même si on me payait, je le referais plus.

Un bock panach ! Un Pastis !

– Vous avez vu ce beau soleil ?
– On est passés directement de la cuite d'hiver à la cuite d'été.

Un Campari !

Les bébés oiseaux, c'est pas comme nous, la tétée, le biberon, la purée de carottes, eux, c'est les vers direct.

Une Jupiler !

Le handicapé, moitié homme, moitié fauteuil roulant, c'est le minotaure à roulettes.

Une verte du Mont-Blanc !

Si j'étais grande, je serais mince.

Une Belle-Vue !

Mon mari, y boit que quand il est saoul.

Une Obernay !

Tu crois qu'on peut envoyer du vin
par Interflora ?

Une Abbaye !

La grande musique, moi je préfère
la grosse.

Un Ricky !

Je parle à ma fille, elle connaît même
pas Chévéraga… Chévégara… le Ché…
les jeunes, maintenant…

Une col blanc !

Si je gagne au Loto,
je m'achète un chalet à Paris.

Un café à emporter sans couvercle !

Donnez le même beau temps
à deux garçons différents,
vous n'aurez pas la même recette.

Un grand verre d'eau glacée !

Les producteurs de lait en colère,
ils ruminent plus que les vaches.

Un aligoté !

La différence droitier-gaucher,
ça sert surtout quand on mange.

Un saint-amour !

L'escargot, si il peut pas sortir,
à l'intérieur de la coquille, y a rien à faire.

Un sauvignon !

Moi, « la première gorgée de bière »,
ça me le fait avec le blanc.

Deux beaujolais ! Une boule vanille fraise !

– Une question... La vraie origine
du Christ, à ton avis ?
– Bourguignon.
– On peut jamais parler avec toi !
– Juif bourguignon.

Une Heineken !

C'est plus normal d'avoir la Turquie
dans l'Europe que les Antilles.

Un café serré !

Somnambule de jour,
parce que travailleur de nuit.

Une clairette !

Taboulé, assiettes en carton,
mousseux, godets, avec ma femme,
on a fêté nos noces de plastique.

Un merlot !

Un enfant sauvage élevé par un loup,
c'est mieux que si il tombe
sur un tracteur.

Une Leffe !

Un bébé, c'est fragile,
c'est de la mousse de viande.

Une côtes !

Mon passé, je le sais, mon futur, je le sais, c'est mon présent que je sais pas.

Un porto !

Le suppositoire, ça a tellement un goût fort, j'ai l'impression d'avoir des papilles gustatives entre les fesses.

Une coupe !

Les Japonais, deux bombes atomiques, ça leur a rien fait.

Une menthe à l'eau !

On ne mange pas de spaghettis quand on a le delirium, à cause des vers géants.

Un demi normal ! Une blanche !

– Sur la tombe à Gainsbourg, c'est marqué Ginsberg.
– C'est son vrai nom.
– Ah bon ?! je savais pas… moi d'habitude, j'y vais jamais dans les cimetières.

Un blanc cass goutte de cass !

Les nu-pieds, faut les mettre avec
des chaussettes, sinon, t'es pieds nus.

Deux rosés pour l'échafaudage !

– Moi, j'ai mon travail dans la peau.
– Deux millimètres d'épais !

Deux autres rosés pour l'échafaudage !

– Moi, j'ai ma femme dans le sang.
– Zéro gramme deux !

Un seau de blanc pour les hommes !

– C'est quand on boit le café le matin
qu'on reconnaît les siens.
– Un blanc ! Un blanc ! Un blanc !
Un blanc !
– Et moi, un blanc.

Une Adelscott !

Des ruches en ville, il faut des abeilles
qui savent traverser.

Un gin !

Le réchauffement de la planète,
la fonte des pôles,
Dieu dégivre son frigidaire.

Un café allongé !

Les aveugles font du piano, c'est mieux :
le violon, ils s'assoient dessus.

Un communard !

Vingt-sept au comptoir, ça sera jamais
l'Europe, ça sera le bordel.

Un pastis !

Confisquer la voiture à un chauffard,
d'accord, à condition qu'on coupe la bite
aux pédophiles.

Un rouge ! Un blanc !

Le rosé, si ça devient un mélange de rouge
et de blanc, ça fait longtemps que j'en fais.

Deux kirs !

Trois cents millions d'Européens ont
l'euro, normal qu'il y en ait pas assez
pour tout le monde.

Un demi ! sans faux col !

Ma femme, je lui ai fait tatouer le nom
de famille et la date de notre mariage,
comme ça, elle est baguée.

Un aligoté

L'Europe,
ça pourrait marcher que aux États-Unis.

Une Suze cassis !

Quand vous voyez les salons du livre,
une prolifération d'intellectuels,
c'est pas mieux qu'une autre prolifération.

Une 16 !

Le cartable était lourd à cause des livres,
aujourd'hui il est lourd à cause des armes.

Une vodka caramel !

Il me prend, je lui paye un coup,
il me jette, il va boire ailleurs,
je suis pas un Vélib' !

Un bock !

Aujourd'hui,
on achète les crèmes caramel sur Internet,
demain,
on jette les emballages sur la Lune.

Un brie ! Un juliénas !

Faudra pas s'étonner si un jour
c'est un chien qui attaque, ce matin,
on lui a volé son os en plastique
sur le trottoir.

Une blanquette de Limoux !

Ils ont les parachutes dorés,
on aura la nappe à carreaux.

Une Pelforth grenadine !

Chez les pédés, c'est le mâle qui pond.

Une Avèze ! pour casse-couilles !

Pour réussir dans la vie,
dans ma tête,
je me suis mis
quatre roues avant.

Une tomate !

C'est pas la peine
d'avoir des déserts grands comme ça
si les gosses
ont pas une goutte d'eau
pour faire un pâté de sable.

Deux solvants !

– Dans le thé, t'as de la théière,
dans le café, t'as de la cafetière.
– De la théine, et de la caféine.
– C'est ce que je dis.

Un perroquet !

Même un oiseau peut pas voler
avec deux cents passagers.

Un panach !

Mon grand-père, il a fait la Première Guerre mondiale avec ses deux frères, il a eu trois fils, mon père, avec ses deux frères, il a fait l'autre guerre, il m'a eu moi et mes deux frères, nous, avec mes frères, on a pas fait la guerre, on a que des filles.

Un demi !

– Tu bois quoi ?
– Un demi, parce que j'ai pas le temps de rester.

Un kir pêche de vigne !

Tu sors du ventre de ta mère, après, c'est toute une vie à te reloger.

Une rosette ! Un coteaux lyonnais !

Madame Chirac, plus elle vieillit, plus elle est belle.

Un baby !

Avec toutes les choses qu'il y a partout, c'est pas facile de regarder dans le vide.

Une Adelscott !

En Angleterre, ils taillent la pelouse avec des ciseaux, c'est des pelouses militaires, les herbes ont des grades.

Un perroquet !

Si l'homme était apparu sur la Lune, c'est Neil Armstrong qui aurait été le premier homme à marcher sur la Terre.

Un panaché plein de limonade !

Si on savait ce que ça coûte un enfant depuis la naissance jusqu'à la vieillesse, on en ferait pas !

Deux RSA !

Finis ton RMI, on passe au RSA.

Un juliénas !

Tout le monde fume sur le trottoir, le comptoir c'est devenu la campagne, par rapport à dehors.

Une maison assiette ! Un faugères !

Un avion, c'est beaucoup plus normal
quand ça tombe que quand ça vole.

Un ventoux !

Attaquée par des moineaux alors que
je mangeais un croissant, on aurait dit
un mini-Hitchcock !

Un saint-véran !

– Les petits Africains affamés ont souvent
des dents impeccables.
– Ça c'est vrai ! La preuve,
je suis d'accord.

Un rosé !

Un avion qui disparaît en plein ciel, on le
retrouve trois mille mètres sous la mer,
remarquez, ça arrive aussi avec les
poissons, ils disparaissent de sous la mer
et on les retrouve en sushis dans des avions
à douze mille mètres de haut.

Un tango panaché !

Je me sens bien partout parce que je n'ai aucun sens de l'orientation.

Un aligoté !

Obama, il va aux champignons, trois jours avant, y a les services secrets qui sont déjà passés.

Un Coca grenadine !

Dans les maternités, les mères qui ont la fièvre, ça met une odeur de lait chaud.

Un kir châtaigne !

J'aime pas le lundi, ça me gâche mon dimanche.

Un café allongé verre d'eau !

Ils ont choisi les plages de Normandie pour débarquer parce que là-haut, y a jamais de baigneurs.

Un je sais pas !

Et pour vous, elle boit quoi ?

Un grand kir !

Le Premier ministre ne sert plus à rien, c'est une sorte de reine d'Angleterre française.

Un muscat !

Un Noir président des États-Unis, ça ne m'étonne pas, même les épiceries arabes, c'est des Noirs maintenant.

Un pastis ! Les olives !

Les mères porteuses, pour moi, c'est du braconnage.

Un crème !

Un doigt d'honneur, même dans un camp de concentration, c'est pas une raison pour faire un geste comme ça.

Une Tourtel !

Rue Goethe, le facteur,
il a fait Polytechnique.

Un café !

Rue Goethe,
faut être Einstein pour habiter là.

Une menthe à l'eau ! Un rosé rosé !

C'est en écoutant les parents qu'on
apprend… prout… oui, enfin, pas tout.

Une Pelforth fraise !

Un fumeur sur deux meurt du tabac,
pourquoi un sur deux ?
C'est dégueulasse !

Un brouilly bien frais !

Dans mille ans, y aura des planètes qui
serviront que pour planquer du pognon.

Une blanche !

Tu files dix mille euros à un Touareg,
crois pas que ça va lui faire l'année,
en deux minutes il s'achète des connasses
et des chameaux.

Un rosé grand ballon !

Avec la pollution, c'est pas de la crème
hydratante qu'il faut se mettre sur la figure,
c'est de la peinture à bagnole.

Un demi Pelforth !

Soit je parle, soit je me tais,
je suis un radical de la parole.

Un anis !

On est pas en Afrique
pour avoir des tabous.

Un formidable !

Une rose, toute sa vie elle sent la rose,
elle peut pas changer de parfum.

Un blanc avec un glaçon !

Quand on va aux cabinets, les fesses,
ça devient un animal.

Un panach !

Dans les petits villages du Nord,
pour que le soleil se lève, c'est la mairie
qui est responsable.

Un demi ! Un café !

Les droits d'auteur,
quand tu vois les merdes qui sortent,
faudrait aussi des devoirs.

Une mousse !

Faudrait le contraire,
on enterre l'âme et le corps monte au ciel.

Un rouge !

Le beaujolais nouveau ne vieillit jamais,
c'est un vin qui reste toujours bébé.

Un Ricard !

Je ferai du sport quand ça fera repousser
les cheveux !

Une petite limonade !

– Alors, qu'est-ce que tu racontes
de beau ?
– Il fait beau.

Un touraine rosé !

Les femmes voilées, on voit rien,
si ça se trouve, en dessous,
c'est des hommes.

Un bio !

Je protège la planète,
tu mets BIO sur la bouteille de pastis,
j'en bois le double.

Un demi !

Mon taux de fécondité, je bois trois bières,
je pisse trois fois.

Un blanc !

Le voile islamique, de haut en bas,
c'est plus un voile,
c'est un pneu de camion.

Un café vélo !

La bite avec la capote,
c'est pareil que une bite normale mais
sans le mauvais, comme une sucrette.

Une tomate ! Un perroquet !

Quand c'est un Arabe qui fait la manche
dans la rue, je donne rien, de toute façon,
les plus riches sur la terre, c'est les Arabes.

Une prune !

L'Afrique reste un pays jeune parce que
les Africains meurent jeunes.

Un kir ! Un rosé ! Un demi ! Un pastis !

Si on interdit le voile islamique,
faut interdire la coiffe bigoudène !

Un serré ! Rhum desserré !

Un poème, faut pas que ça aille trop loin,
c'est une petite route.

Un demi fraise !

La burqa, c'est du cache-misère.

Un demi ! Une grenadine !

C'est le mari qui oblige
la femme à porter la burqa, une lesbienne
islamique mettrait pas ça.

Un aligoté !

Je donne souvent de l'argent aux SDF,
mais c'est pas pour qu'ils mangent,
c'est pour qu'ils se suicident
par l'alcool.

Un blanc doux !

Les affamés, ils ont que la peau sur les os,
t'enlèves les os, ça fait des manteaux.

Un blanc dur !

La fonction publique, c'est ovipare, le privé, c'est vivipare.

Un qui pique !

Souvent, y a des nuages qui s'écrasent dans la montagne, on retrouve jamais rien.

Un café ! Une noisette !

À La Poste, on est comme les animaux sauvages, après manger, on fait plus rien.

Une Adelscott ! Un cornet d'or pour la gosse !

Taxi à Angoulême, t'as que des rues Tintin et Milou et des places Obélix.

Une mauresque !

Au Moyen Âge on mourait à quarante ans, aujourd'hui, on travaille jusqu'à soixante-dix, je vois pas le progrès.

Un indien !

À quinze ans, on a un petit cœur qui bat dans les couilles.

Un demi ! Un œuf dur !

On est pleins de bactéries qui vivent sur nous, on ferait payer un centime par bactérie, on serait milliardaires.

Un jus d'abricot !

Un nouveau ministre de la Culture ? Qu'est-ce que vous voulez qu'il fasse de plus ? une autre tour Eiffel ?

Un rosé avec un glaçon !

Il faut léguer aux jeunes une terre pourrie, comme ça ils diront du mal des vieux pour quelque chose !

Un Ricard sinon rien !

Le Ricard, c'est des plantes, mon foie est un jardin…

Un kir au cheverny blanc !

– Les Allemands en terrasse, ils sont servis
en premier, et nous les Français
au comptoir, on nous regarde même plus !
– Comme pendant la guerre.

Un cardinal !

Quand il fait beau, le Ricard,
ça fait boule de neige.

Un kir au crémant d'Alsace !

Il faudrait que l'alcoolémie se mette pas dans
le sang, mais dans une cachette que
les gendarmes connaissent pas.

Un moulis !

On passe de personne âgée à légume
et de légume à légume âgé.

Un petit chocolat ! Une tartine !

L'insémination artificielle, ça se fait
en deux coups de cuillère à pot maintenant.

Café verre d'eau !

Un lingot d'or, si il est rayé,
a vaut plus rien.

Un club sandwich ! Une Heineken !

L'intellectuel malade, il va pas à l'hôpital,
il va à la clinique de la lampe.

Un lait fraise !

On va à l'Opéra, on va au théâtre,
on va au cinéma, on va au lycée,
on va naître, on va mourir,
on va à l'hôpital, on va aux cabinets,
on va au mariage, on va à l'enterrement,
on va bien, on va mal…
va, ça va partout.

Un alambic !

La tragédie, c'est rien,
c'est plus facile de photographier
un mort qu'un cycliste.

Un Coca !

Le one-man-show, c'est un sur scène,
trente à table.

Une limonade !

Les jeunes qui font du one-man-show,
souvent la maman elle est dans la salle,
après elle va dans la loge
et elle ramène le linge sale.

Une Suze cassis !

Les arts martiaux, c'est asiatique,
les Allemands s'emmerdent pas,
ils font des camps.

Un demi avec un marc dedans !

Tu voles, t'es l'homme-oiseau,
tu plonges, t'es l'homme-grenouille,
tu te laves, t'es l'homme-savon.

Un beaujolais frais !

Le Roi-Soleil,
si c'est pour être marié
à la Connasse-Nuage…

Deux grands beaujolpignoufs !

– Le chirurgien qui t'opère, il te recoud, toi tu dors, comment tu peux savoir si il a pas volé un organe pour le revendre ?
– Un rein en moins, ça se voit moins qu'une roue de vélo.

Un autre beaujo !

Les droits de l'homme, les droits des animaux, les droits de la nature, les droits de la terre, putain, on est bien protégés !

Deux autres pignoufs !

– Aux États-Unis, les chiens, ils ont un petit sac plastique, on met leur caca dedans et ils le portent sur le dos.
– Bravo Obama !

Le petit frère !

Pour ce soir,
à la place d'une bouteille de champagne,
tu prends deux bouteilles de bon blanc,
ou même quatre bouteilles de rouge,
ou même six bouteilles de rosé pourri,
c'est mieux.

Le même !

Un gramme cinq dans le sang, c'est même pas le poids du verre !

Un jus de bourricot !

Les gens qui travaillent à la SPA, souvent, c'est des gens abandonnés.

Une côtelette !

– Le voile islamique, c'est une sorte de slip, puisque c'est fait pour cacher.
– Une religion où tu mets un slip sur la tête, franchement, on se demande.

Un pastis !

Michael Jackson, à autopsier, c'est vite fait, y a pas d'arêtes.

Une tomate du jardin !

La Gay Pride, ils sont passés boulevard Saint-Michel, y avait la télé, je me suis caché, imaginez qu'on me voie ?!

Un perroquet des îles !

Une vigne, ça a combien de grammes dans le sang ?

Un double !

Je suis né avec la crémaillère à l'envers, je descends, je peux jamais remonter.

Un formidable !

Ça fait drôle une anorexique dans une boulangerie.

Un kir à bulles !

Ça boit quoi un prof de philo ?

Une grenadine ! Un Ricard ! Une paille !

Embête pas maman, elle est en vacances, elle se fout de tout.

Un demi sur une assiette !

C'est drôle d'avoir un bébé qui s'appelle Jules.

Un pichet rosé !

Si tu te fais pas l'évolution de l'homme du poisson à nous, qui c'est qui te le fera ?!

Un pichet bis le même !

Mozart, c'est pas parce qu'il pète qu'il est intelligent.

Une prune !

La pleine lune, c'est un truc de citadin.

Un Ricard !

Il m'a mis un doigt dans le cul, je lui ai mis un coup de boule, c'est comme ça que j'ai su que j'aimais pas ça.

Un rosé !

Comme Tolstoï, je vais être obligé de travailler pour payer mes dettes.

Une bière !

La première gorgée de bière, je sais quand c'est, la dernière, jamais.

The same thing !

La tomate n'est pas un légume,
c'est un fruit, je te dis, le Ricard tomate
est un fruit !

Une Météor pour le météore !

Le plus atrophié du bulbe,
c'est le narcisse nain.

Un rhum pas trop petit !

Abandonner son enfant sur la voie
publique, moi, à la limite,
je préfère le tuer mon gosse.

Trois demis !

Shakespeare, il s'en foutait des bagnoles
garées devant le théâtre
et des huîtres après.

Un whisky ! Une Suze !

– De toute façon, l'Arctique, y a rien,
alors quand y en aura plus, ça sera pareil.
– Y en aura peut-être même moins.

Un calva !

Le chauve, on lui fait repousser des cheveux
génétiquement modifiés, les écolos
ils arrivent et ils lui arrachent.

Un mojito !

Aller sur la Lune pour marcher,
alors autant y aller à pied.

Deux génépis !

– Dehors, on ferme !
– Dehors, c'est où ?

Un kir pêche de vigne !

Elle pleure, elle rit, ses paupières,
c'est des parasols, c'est des parapluies.

La der des ders !

– On ferme !
– C'est qui ON ?
– C'est moi, JE ferme !
– Moi je ferme pas, j'ai la bouche ouverte.

Deux demis ! Une coupe ! Un Get !

– Je ferme !
– Quand tu seras mort.

Deux demis avec un élastique !

– Tu bois un coup ?
– Non non non non non non non non non !
non ! non ! ou alors un, mais vite.

Un kir !

– Tu bois un coup ?
– Non, faut que je rentre, j'ai deux steaks hachés qui sont bons jusqu'à ce soir.

La grande sœur !

Pour la vie, c'est une portion, pour la mort, c'est à volonté.

Une blanche de Chambly !

Ça sert à rien de manger des choses qui font pas grossir.

Une maudite !

La rareté devient de plus en plus rare.

Trois fins du monde !

Un galop, ça va bien pour quelqu'un qui boit lentement.

Je sers plus rien !

Le jour où je voudrai voyager, découvrir des pays, la première chose que je fais, j'appelle Denise.

Fini !

L'abeille, elle fabrique du miel, tu l'emmerdes, elle te pique une fois et elle meurt, exactement comme les ouvriers.

Dehors !

Les coureurs cyclistes, ils vont aux cabinets juste avant la course, ils font caca et ils se dopent.

J'en ai plus !

Moi je veux bien le mettre le tchador
si ça arrête la grippe.

C'est vide !

– Saint Yorre, c'est un saint,
le saint Yorre.
– Jamais tu me feras boire un saint
qui s'appelle Yorre.

Plus une goutte !

En haut du mont Blanc, c'est marqué
4 807 mètres, mais c'est la crue de 1910.

Rien !

Des fois, un verre de blanc, ça te tourne
et des fois, la bouteille, rien, là j'aimerais
bien savoir le pourquoi scientifique.

Un déca !

– Un déca !
– C'est pas une pharmacie ici.

Trois fois rien !

Michael Jackson, on sait pas la couleur,
mais Édith Piaf, des fois, elle était verte.

Dehors !

Un grand comédien devrait être payé
quand on le regarde passer dans la rue.

Zou !

Une huître malade,
je vois pas la différence,
elle est verte et au lit.

Je vais murer le bar !

Michael Jackson, il est pas noir, Obama,
il est pas noir, aux États-Unis,
tous les Noirs qui réussissent,
c'est des Blancs.

Du balai !

C'est moins dangereux de marcher
sur la Lune que dans un quartier de Rio.

On ferme !

Si le chat a sept vies,
ça lui fait sept morts à se faire écraser
par une voiture.

Direction dehors !

L'espérance de vie,
si c'est pour finir centenaire aveugle
plein de pisse, je vois pas l'espérance.

Du vent !

Je préfère être perdu tout seul
qu'avec quelqu'un
qui me montre le chemin !

… et le café ferme. Sur le mur du fond, dans la télé, on enterre Michael Jackson. Los Angeles, le concert-hommage, l'enterrement. Ici, une petite chienne, le poil gris épars, apeurée par le brouhaha, va et vient entre les jambes des buveurs qui finissent les verres et tentent de recommander. Le dernier ! Non ! On ferme ! La chienne fixe son maître qui, lui, un peu en retrait du groupe, regarde dehors la nuit déjà tombée. Ça sent l'air chaud par la porte du café grande ouverte. C'est fini ! Faut bien mettre les gens dehors ! L'homme en retrait ne bouge pas. Ne cille pas. Ceux du comptoir semblent se tasser les uns contre les autres pour faire masse et devenir impossibles à sortir. L'épaisseur de l'été entre. La télé n'intéresse pas l'homme qui observe la nuit. Il rêve. La petite chienne grise, elle, ne regarde que lui. Elle l'aime. Jackson dans l'écran plat vissé au mur danse comme un dieu, bien sûr. Pourtant, personne ne s'intéresse vraiment. Trop de fric.

On ferme !

Franchement, c'était mieux l'enterrement de Doudou.

On ferme !

Le patron gueule plus fort, on ferme !

Les clients, assoiffés mais vaincus, obéissent. Le patron est plus fort. Toujours le plus fort ! C'est la loi universelle de la gravitation des forces au bistrot. Il est patron. Il juge et administre. Comme Jules César ! Qui était Grand Empereur des Bistros Romains, vachard, toujours en guerre, un monstre d'autorité de comptoir, bien qu'il portât étrangement le même prénom que Jules, qui est aujourd'hui chômeur au RSA et allergique à la poussière de bois. Les clients rigolards sortent dans la nuit bleutée en rang d'oignons bien frits. L'air doux et amical pousse à la chansonnette. En chœur, les neuf choristes, qui ne sont pas de la Motown mais de la Mominette, se mettent à gueuler *bit it ! oh bit it !* en hommage approximatif à Michael Jackson, l'homme noir devenu femme blanche, comme a dit le couturier allemand marchand de slips à un million, et qui repose à cette heure dans son large cercueil panoramique en bois dur d'Hollywood. *Bit it ohé ! bit it ! bi tit !* Puis ils enchaînent, plantés au beau milieu de la place vide qui résonne. *Billy jine ! shize ma girle ! biji lin ! oh eh biji lin ! jilin ! bili Jine !* Titi, le plus saoul des mousquetaires de la soif, tente le Moon Walk, part en arrière et va s'aplatir dans les jolis parterres de fleurs de la mairie.

Les ampoules jaune pâle s'allument à la fenêtre des cuisines. Maintenant, ça gueule aussi aux fenêtres. Silence ! on veut dormir ! allez vous finir ailleurs, bande d'alcooliques ! nous demain on travaille !

Un homme, celui qui rêvait sur sa chaise, loin du comptoir et des buveurs bavards, s'éloigne dans la nuit à petits pas, suivi par sa petite chienne, Carolus.

Passé le coin de la rue, il se faufile par un trou dans la palissade d'un chantier, attend son caniche. Le voilà. L'homme marche encore un peu entre les flaques d'eau dans la glaise, s'arrête sous un réverbère. La chienne se pose sur son derrière. Alors, le bonhomme un peu rêveur, un peu saoul, un peu seul, un peu triste, un peu gai, un peu tout, un peu rien, fait pour la petite chienne, sur une plaque verte d'isolant pour mur de salle de bains, humide et lisse, comme sur une scène improvisée, le Moon Walk.

Michael Jackson, chanteur assassiné, regarde depuis le ciel le rêveur qui s'agite et danse sur une plaque de chantier pour son chien. Doudou, au calme dans son cercueil petit, dort depuis longtemps. Doudou n'a plus l'âge de veiller tard.

Bonne nuit les gars morts et vivants.

Demain sera une nouvelle nuit.

Jean-Marie Gourio

DU MÊME AUTEUR

Merci Bernard
(en collaboration)
Balland, 1984

Autopsie d'un nain
roman
Ramsay, 1987

Brèves de comptoir
Michel Lafon, 1987 à 1998

Tue-tête
roman
Bernard Barrault, 1989

Palace
(en collaboration)
Actes Sud, 1989

La Carte des vins
roman
Michel Lafon, 1993

Vous me croirez si vous voulez
Flammarion, 1993

10 000 Brèves de comptoir
tome 1
Michel Lafon, 1993
et « J'ai lu », nº 3978
tome 2
Michel Lafon, 1995

Les Coccinelles de l'Etna
roman
Gallimard, 1994

Chiens de comptoir
avec Blandine Jeanroy
Michel Lafon, 1996
et « J'ai lu », nº 4699

Chut !
roman

Prix populiste 1998
prix Alexandre-Vialatte 1998
prix Bacchus 1998
Julliard, 1998
et « Pocket », n° 10521

L'Eau des fleurs
roman
Julliard, 1999
et « Pocket », n° 10980

Brèves de comptoir
théâtre
Grand Prix de l'humour noir
Julliard, 1999

Les Nouvelles Brèves de comptoir
théâtre
Grand Prix de l'Académie française du jeune théâtre
Grand Prix de l'humour noir
Julliard, 1999

10 000 Brèves de comptoir
tome 3
Robert Laffont, 1999

Chiens de comptoir
avec Blandine Jeanroy
Julliard, 2000

Chats de cuisine
avec Blandine Jeanroy
Robert Laffont, 2000

Brèves de comptoir
texte intégral
Robert Laffont, coll. « Bouquins », 2002

Apnée
roman
Julliard, 2006
et « Pocket », n° 12826

Brèves de comptoir, l'anniversaire !
Robert Laffont, 2007
et « Pocket », n° 13695

Les Quatre Saisons des brèves de comptoir
vol. 1 : Le printemps
Pocket, n° 13631
vol. 2 : L'été
Pocket, n° 13632
vol. 3 : L'automne
Pocket, n° 13633
vol. 4 : L'hiver
Pocket, n° 13634

Les Nouvelles Brèves de comptoir
vol. 1
Robert Laffont, 2008
et « Points », n° P2512

Brèves de comptoir
adaptation théâtrale avec Jean-Michel Ribes
vol. 1 : Une journée
vol. 2 : Une année
vol. 2 : Une semaine
Actes Sud Papiers, 2010

Un café sur la Lune
roman
Julliard, 2011

RÉALISATION : IGS-CHARENTE-PHOTOGRAVURE À L'ISLE-D'ESPAGNAC

Cet ouvrage a été imprimé en France par
CPI Bussière
à Saint-Amand-Montrond (Cher)
en février 2011.
N° d'édition : 102852. - N° d'impression : 110053.
Dépôt légal : mars 2011.

Éditions Points

Le catalogue complet de nos collections est sur Le Cercle Points, ainsi que des interviews de vos auteurs préférés, des jeux-concours, des conseils de lecture, des extraits en avant-première…

www.lecerclepoints.com

DERNIERS TITRES PARUS

P2231. La Conquistadora, *Eduardo Manet*
P2232. La Sagesse des fous, *Einar Karason*
P2233. Un chasseur de lions, *Olivier Rolin*
P2234. Poésie des troubadours. Anthologie, *Henri Gougaud (dir.)*
P2235. Chacun vient avec son silence. Anthologie *Jean Cayrol*
P2236. Badenheim 1939, *Aharon Appelfeld*
P2237. Le Goût sucré des pommes sauvages, *Wallace Stegner*
P2238. Un mot pour un autre, *Rémi Bertrand*
P2239. Le Bêtisier de la langue française, *Claude Gagnière*
P2240. Esclavage et Colonies, *G. J. Danton et L. P. Dufay, L. Sédar Senghor, C. Taubira*
P2241. Race et Nation, *M. L. King, E. Renan*
P2242. Face à la crise, *B. Obama, F. D. Roosevelt*
P2243. Face à la guerre, *W. Churchill, général de Gaulle*
P2244. La Non-Violence, *Mahatma Gandhi, Dalaï Lama*
P2245. La Peine de mort, *R. Badinter, M. Barrès*
P2246. Avortement et Contraception, *S. Veil, L. Neuwirth*
P2247. Les Casseurs et l'Insécurité *F. Mitterrand et M. Rocard, N. Sarkozy*
P2248. La Mère de ma mère, *Vanessa Schneider*
P2249. De la vie dans son art, de l'art dans sa vie *Anny Duperey et Nina Vidrovitch*
P2250. Desproges en petits morceaux. Les meilleures citations *Pierre Desproges*
P2251. Dexter I, II, III, *Jeff Lindsay*
P2252. God's pocket, *Pete Dexter*
P2253. En effeuillant Baudelaire, *Ken Bruen*

P2254. Meurtres en bleu marine, *C.J. Box*
P2255. Le Dresseur d'insectes, *Arni Thorarinsson*
P2256. La Saison des massacres, *Giancarlo de Cataldo*
P2257. Évitez le divan
Petit guide à l'usage de ceux qui tiennent à leurs symptômes
Philippe Grimbert
P2258. La Chambre de Mariana, *Aharon Appelfeld*
P2259. La Montagne en sucre, *Wallace Stegner*
P2260. Un jour de colère, *Arturo Pérez-Reverte*
P2261. Le Roi transparent, *Rosa Montero*
P2262. Le Syndrome d'Ulysse, *Santiago Gamboa*
P2263. Catholique anonyme, *Thierry Bizot*
P2264. Le Jour et l'Heure, *Guy Bedos*
P2265. Le Parlement des fées
I. L'Orée des bois, *John Crowley*
P2266. Le Parlement des fées
II. L'Art de la mémoire, *John Crowley*
P2267. Best-of Sarko, *Plantu*
P2268. 99 Mots et Expressions à foutre à la poubelle
Jean-Loup Chiflet
P2269. Le Baleinié. Dictionnaire des tracas
Christine Murillo, Jean-Claude Leguay, Grégoire Œstermann
P2270. Couverture dangereuse, *Philippe Le Roy*
P2271. Quatre Jours avant Noël, *Donald Harstad*
P2272. Petite Bombe noire, *Christopher Brookmyre*
P2273. Journal d'une année noire, *J.M. Coetzee*
P2274. Faites vous-même votre malheur, *Paul Watzlawick*
P2275. Paysans, *Raymond Depardon*
P2276. Homicide special, *Miles Corwin*
P2277. Mort d'un Chinois à La Havane
Leonardo Padura
P2278. Le Radeau de pierre, *José Saramago*
P2279. Contre-jour, *Thomas Pynchon*
P2280. Trick Baby, *Iceberg Slim*
P2281. Perdre est une question de méthode
Santiago Gamboa
P2282. Le Rocher de Montmartre, *Joanne Harris*
P2283. L'Enfant du Jeudi noir, *Alejandro Jodorowsky*
P2284. Lui, *Patrick Besson*
P2285. Tarabas, *Joseph Roth*
P2286. Le Cycliste de San Cristobal, *Antonio Skármeta*
P2287. Récit des temps perdus, *Aris Fakinos*

P2288. L'Art délicat du deuil
Les nouvelles enquêtes du juge Ti (vol. 7)
Frédéric Lenormand
P2289. Ceux qu'on aime, *Steve Mosby*
P2290. Lemmer, l'invisible, *Deon Meyer*
P2291. Requiem pour une cité de verre, *Donna Leon*
P2292. La Fille du Samouraï, *Dominique Sylvain*
P2293. Le Bal des débris, *Thierry Jonquet*
P2294. Beltenebros, *Antonio Muñoz Molina*
P2295. Le Bison de la nuit, *Guillermo Arriaga*
P2296. Le Livre noir des serial killers, *Stéphane Bourgoin*
P2297. Une tombe accueillante, *Michael Koryta*
P2298. Roldán, ni mort ni vif, *Manuel Vásquez Montalbán*
P2299. Le Petit Frère, *Manuel Vásquez Montalbán*
P2300. Poussière d'os, *Simon Beckett*
P2301. Le Cerveau de Kennedy, *Henning Mankell*
P2302. Jusque-là… tout allait bien !, *Stéphane Guillon*
P2303. Une parfaite journée parfaite, *Martin Page*
P2304. Corps volatils, *Jakuta Alikavazovic*
P2305. De l'art de prendre la balle au bond
Précis de mécanique gestuelle et spirituelle
Denis Grozdanovitch
P2306. Regarde la vague, *François Emmanuel*
P2307. Des vents contraires, *Olivier Adam*
P2308. Le Septième Voile, *Juan Manuel de Prada*
P2309. Mots d'amour secrets.
100 lettres à décoder pour amants polissons
Jacques Perry-Salkow, Frédéric Schmitter
P2310. Carnets d'un vieil amoureux, *Marcel Mathiot*
P2311. L'Enfer de Matignon, *Raphaëlle Bacqué*
P2312. Un État dans l'État. Le contre-pouvoir maçonnique
Sophie Coignard
P2313. Les Femelles, *Joyce Carol Oates*
P2314. Ce que je suis en réalité demeure inconnu
Virginia Woolf
P2315. Luz ou le temps sauvage, *Elsa Osorio*
P2316. Le Voyage des grands hommes, *François Vallejo*
P2317. Black Bazar, *Alain Mabanckou*
P2318. Les Crapauds-brousse, *Tierno Monénembo*
P2319. L'Anté-peuple, *Sony Labou Tansi*
P2320. Anthologie de poésie africaine,
Six poètes d'Afrique francophone, *Alain Mabanckou (dir.)*
P2321. La Malédiction du lamantin, *Moussa Konaté*
P2322. Green Zone, *Rajiv Chandrasekaran*

P2323. L'Histoire d'un mariage, *Andrew Sean Greer*
P2324. Gentlemen, *Klas Östergren*
P2325. La Belle aux oranges, *Jostein Gaarder*
P2326. Bienvenue à Egypt Farm, *Rachel Cusk*
P2327. Plage de Manacorra, 16 h 30, *Philippe Jaenada*
P2328. La Vie d'un homme inconnu, *Andreï Makine*
P2329. L'Invité, *Hwang Sok-yong*
P2330. Petit Abécédaire de culture générale
40 mots-clés passés au microscope, *Albert Jacquard*
P2331. La Grande Histoire des codes secrets, *Laurent Joffrin*
P2332. La Fin de la folie, *Jorge Volpi*
P2333. Le Transfuge, *Robert Littell*
P2334. J'ai entendu pleurer la forêt, *Françoise Perriot*
P2335. Nos grand-mères savaient
Petit dictionnaire des plantes qui guérissent, *Jean Palaiseul*
P2336. Journée d'un opritchnik, *Vladimir Sorokine*
P2337. Cette France qu'on oublie d'aimer, *Andreï Makine*
P2338. La Servante insoumise, *Jane Harris*
P2339. Le Vrai Canard, *Karl Laske, Laurent Valdiguié*
P2340. Vie de poète, *Robert Walser*
P2341. Sister Carrie, *Theodore Dreiser*
P2342. Le Fil du rasoir, *William Somerset Maugham*
P2343. Anthologie. Du rouge aux lèvres. *Haïjins japonaises*
P2344. L'aurore en fuite. Poèmes choisis
Marceline Desbordes-Valmore
P2345. « Je souffre trop, je t'aime trop », Passions d'écrivains
sous la direction de Olivier et Patrick Poivre d'Arvor
P2346. « Faut-il brûler ce livre ? », Écrivains en procès
sous la direction de Olivier et Patrick Poivre d'Arvor
P2347. À ciel ouvert, *Nelly Arcan*
P2348. L'Hirondelle avant l'orage, *Robert Littell*
P2349. Fuck America, *Edgar Hilsenrath*
P2350. Départs anticipés, *Christopher Buckley*
P2351. Zelda, *Jacques Tournier*
P2352. Anesthésie locale, *Günter Grass*
P2353. Les filles sont au café, *Geneviève Brisac*
P2354. Comédies en tout genre, *Jonathan Kellerman*
P2355. L'Athlète, *Knut Faldbakken*
P2356. Le Diable de Blind River, *Steve Hamilton*
P2357. Le doute m'habite.
Textes choisis et présentés par Christian Gonon
Pierre Desproges
P2358. La Lampe d'Aladino et autres histoires pour vaincre l'oubli
Luis Sepúlveda

P2359. Julius Winsome, *Gerard Donovan*
P2360. Speed Queen, *Stewart O'Nan*
P2361. Dope, *Sara Gran*
P2362. De ma prison, *Taslima Nasreen*
P2363. Les Ghettos du Gotha. Au cœur de la grande bourgeoisie *Michel Pinçon et Monique Pinçon-Charlot*
P2364. Je dépasse mes peurs et mes angoisses *Christophe André et Muzo*
P2365. Afrique(s), *Raymond Depardon*
P2366. La Couleur du bonheur, *Wei-Wei*
P2367. La Solitude des nombres premiers, *Paolo Giordano*
P2368. Des histoires pour rien, *Lorrie Moore*
P2369. Déroutes, *Lorrie Moore*
P2370. Le Sang des Dalton, *Ron Hansen*
P2371. La Décimation, *Rick Bass*
P2372. La Rivière des Indiens, *Jeffrey Lent*
P2373. L'Agent indien, *Dan O'Brien*
P2374. Pensez, lisez. 40 livres pour rester intelligent
P2375. Des héros ordinaires, *Eva Joly*
P2376. Le Grand Voyage de la vie. Un père raconte à son fils, *Tiziano Terzani*
P2377. Naufrages, *Francisco Coloane*
P2378. Le Remède et le Poison, *Dirk Wittenbork*
P2379. Made in China, *J. M. Erre*
P2380. Joséphine, *Jean Rolin*
P2381. Un mort à l'Hôtel Koryo, *James Church*
P2382. Ciels de foudre, *C.J. Box*
P2383. Robin des bois, prince des voleurs, *Alexandre Dumas*
P2384. Comment parler le belge, *Philippe Genion*
P2385. Le Sottisier de l'école, *Philippe Mignaval*
P2386. « À toi, ma mère », Correspondances intimes *sous la direction de Olivier et Patrick Poivre d'Arvor*
P2387. « Entre la mer et le ciel », Rêves et récits de navigateurs *sous la direction de Olivier et Patrick Poivre d'Arvor*
P2388. L'Île du lézard vert, *Eduardo Manet*
P2389. « La paix a ses chances », *suivi de* « Nous proclamons la création d'un État juif », *suivi de* « La Palestine est le pays natal du peuple palestinien » *Itzhak Rabin, David Ben Gourion, Yasser Arafat*
P2390. « Une révolution des consciences », *suivi de* « Appeler le peuple à la lutte ouverte » *Aung San Suu Kyi, Léon Trotsky*
P2391. « Le temps est venu », *suivi de* « Éveillez-vous à la liberté », *Nelson Mandela, Jawaharlal Nehru*

P2392. « Entre ici, Jean Moulin », *suivi de* « Vous ne serez pas morts en vain », *André Malraux, Thomas Mann*
P2393. Bon pour le moral ! 40 livres pour se faire du bien
P2394. Les 40 livres de chevet des stars, The Guide
P2395. 40 livres pour se faire peur, Guide du polar
P2396. Tout est sous contrôle, *Hugh Laurie*
P2397. Le Verdict du plomb, *Michael Connelly*
P2398. Heureux au jeu, *Lawrence Block*
P2399. Corbeau à Hollywood, *Joseph Wambaugh*
P2400. Pêche à la carpe sous Valium, *Graham Parker*
P2401. Je suis très à cheval sur les principes *David Sedaris*
P2402. Si loin de vous, *Nina Revoyr*
P2403. Les Eaux mortes du Mékong, *Kim Lefèvre*
P2404. Cher amour, *Bernard Giraudeau*
P2405. Les Aventures miraculeuses de Pomponius Flatus *Eduardo Mendoza*
P2406. Un mensonge sur mon père, *John Burnside*
P2407. Hiver arctique, *Arnaldur Indridason*
P2408. Sœurs de sang, *Dominique Sylvain*
P2409. La Route de tous les dangers, *Kriss Nelscott*
P2410. Quand je serai roi, *Enrique Serna*
P2411. Le Livre des secrets. La vie cachée d'Esperanza Gorst *Michael Cox*
P2412. Sans douceur excessive, *Lee Child*
P2413. Notre guerre. Journal de Résistance 1940-1945 *Agnès Humbert*
P2414. Le jour où mon père s'est tu, *Virginie Linhart*
P2415. Le Meilleur de « L'Os à moelle », *Pierre Dac*
P2416. Les Pipoles à la porte, *Didier Porte*
P2417. Trois tasses de thé. La mission de paix d'un Américain au Pakistan et en Afghanistan *Greg Mortenson et David Oliver Relin*
P2418. Un mec sympa, *Laurent Chalumeau*
P2419. Au diable vauvert, *Maryse Wolinski*
P2420. Le Cinquième Évangile, *Michael Faber*
P2421. Chanson sans paroles, *Ann Packer*
P2422. Grand-mère déballe tout, *Irene Dische*
P2423. La Couturière, *Frances de Pontes Peebles*
P2424. Le Scandale de la saison, *Sophie Gee*
P2425. Ursúa, *William Ospina*
P2426. Blonde de nuit, *Thomas Perry*
P2427. La Petite Brocante des mots. Bizarreries, curiosités et autres enchantements du français, *Thierry Leguay*

P2428. Villages, *John Updike*
P2429. Le Directeur de nuit, *John le Carré*
P2430. Petit Bréviaire du braqueur, *Christopher Brookmyre*
P2431. Un jour en mai, *George Pelecanos*
P2432. Les Boucanières, *Edith Wharton*
P2433. Choisir la psychanalyse, *Jean-Pierre Winter*
P2434. À l'ombre de la mort, *Veit Heinichen*
P2435. Ce que savent les morts, *Laura Lippman*
P2436. István arrive par le train du soir, *Anne-Marie Garat*
P2437. Jardin de poèmes enfantins, *Robert Louis Stevenson*
P2438. Netherland, *Joseph O'Neill*
P2439. Le Remplaçant, *Agnès Desarthe*
P2440. Démon, *Thierry Hesse*
P2441. Du côté de Castle Rock, *Alice Munro*
P2442. Rencontres fortuites, *Mavis Gallant*
P2443. Le Chasseur, *Julia Leigh*
P2444. Demi-Sommeil, *Eric Reinhardt*
P2445. Petit déjeuner avec Mick Jagger, *Nathalie Kuperman*
P2446. Pirouettes dans les ténèbres, *François Vallejo*
P2447. Maurice à la poule, *Matthias Zschokke*
P2448. La Montée des eaux, *Thomas B. Reverdy*
P2449. La Vaine Attente, *Nadeem Aslam*
P2450. American Express, *James Salter*
P2451. Le lendemain, elle était souriante, *Simone Signoret*
P2452. Le Roman de la Bretagne, *Gilles Martin-Chauffier*
P2453. Baptiste, *Vincent Borel*
P2454. Crimes d'amour et de haine, *Faye et Jonathan Kellerman*
P2455. Publicité meurtrière, *Petros Markaris*
P2456. Le Club du crime parfait, *Andrés Trapiello*
P2457. Mort d'un maître de go.
Les nouvelles enquêtes du Juge Ti (vol. 8)
Frédéric Lenormand
P2458. Le Voyage de l'éléphant, *José Saramago*
P2459. L'Arc-en-ciel de la gravité, *Thomas Pynchon*
P2460. La Dure Loi du Karma, *Mo Yan*
P2461. Comme deux gouttes d'eau, *Tana French*
P2462. Triste Flic, *Hugo Hamilton*
P2463. Last exit to Brest, *Claude Bathany*
P2464. Mais le fleuve tuera l'homme blanc, *Patrick Besson*
P2465. Lettre à un ami perdu, *Patrick Besson*
P2466. Les Insomniaques, *Camille de Villeneuve*
P2467. Les Veilleurs, *Vincent Message*
P2468. Bella Ciao, *Eric Holder*
P2469. Monsieur Joos, *Frédéric Dard*

P2470. La Peuchère, *Frédéric Dard*
P2471. La Saga des francs-maçons
Marie-France Etchegoin, Frédéric Lenoir
P2472. Biographie de Alfred de Musset, *Paul de Musset*
P2473. Si j'étais femme. Poèmes choisis, *Alfred de Musset*
P2474. Le Roman de l'âme slave, *Vladimir Fédorovski*
P2475. La Guerre et la Paix, *Léon Tolstoï*
P2476. Propos sur l'imparfait, *Jacques Drillon*
P2477. Le Sottisier du collège, *Philippe Mignaval*
P2478. Brèves de philo, *Laurence Devillairs*
P2479. La Convocation, *Herta Müller*
P2480. Contes carnivores, *Bernard Quiriny*
P2481. « Je démissionne de la présidence », *suivi de* « Un grand État cesse d'exister » *et de* « Un jour je vous le promets »
Richard Nixon, Mikhaïl Gorbatchev, Charles de Gaulle
P2482. « Africains, levons-nous ! », *suivi de* « Nous préférons la liberté » *et de* « Le devoir de civiliser »
Patrice Lumumba, Sékou Touré, Jules Ferry
P2483. « ¡ No pasarán ! », *suivi de* « Le peuple doit se défendre » *et de* « Ce sang qui coule, c'est le vôtre »
Dolores Ibárruri, Salvador Allende, Victor Hugo
P2484. « Citoyennes, armons-nous ! », *suivi de* « Veuillez être leurs égales » *et de* « Il est temps »
Théroigne de Méricourt, George Sand, Élisabeth Guigou
P2485. Pieds nus sur les limaces, *Fabienne Berthaud*
P2486. Le renard était déjà le chasseur, *Herta Müller*
P2487. La Fille du fossoyeur, *Joyce Carol Oates*
P2488. Vallée de la mort, *Joyce Carol Oates*
P2489. Moi tout craché, *Jay McInerney*
P2490. Toute ma vie, *Jay McInerney*
P2491. Virgin Suicides, *Jeffrey Eugenides*
P2492. Fakirs, *Antonin Varenne*
P2493. Madame la présidente, *Anne Holt*
P2494. Zone de tir libre, *C.J. Box*
P2495. Increvable, *Charlie Huston*
P2496. On m'a demandé de vous calmer, *Stéphane Guillon*
P2497. Je guéris mes complexes et mes déprimes
Christophe André & Muzo
P2498. Lionel raconte Jospin, *Lionel Jospin*
P2499. La Méprise – L'affaire d'Outreau, *Florence Aubenas*
P2500. Kyoto Limited Express, *Olivier Adam*
avec des photographies de Arnaud Auzouy
P2501. « À la vie, à la mort », Amitiés célèbres
dirigé par Patrick et Olivier Poivre d'Arvor

P2502. « Mon cher éditeur », Écrivains et éditeurs
dirigé par Patrick et Olivier Poivre d'Arvor
P2503. 99 clichés à foutre à la poubelle, *Jean-Loup Chiflet*
P2504. Des Papous dans la tête – Les Décraqués – L'anthologie
P2505. L'Étoile du matin, *André Schwarz-Bart*
P2506. Au pays des vermeilles, *Noëlle Châtelet*
P2507. Villa des hommes, *Denis Guedj*
P2508. À voix basse, *Charles Aznavour*
P2509. Un aller pour Alger, *Raymond Depardon*
avec un texte de Louis Gardel
P2510. Beyrouth centre-ville, *Raymond Depardon*
avec un texte de Claudine Nougaret
P2511. Et la fureur ne s'est pas encore tue, *Aharon Appelfeld*
P2512. Les Nouvelles Brèves de comptoir, tome 1
Jean-Marie Gourio
P2513. Six heures plus tard, *Donald Harstad*
P2514. Mama Black Widow, *Iceberg Slim*
P2515. Un amour fraternel, *Pete Dexter*
P2516. À couper au couteau, *Kriss Nelscott*
P2517. Glu, *Irvine Welsh*
P2518. No Smoking, *Will Self*
P2519. Les Vies privées de Pippa Lee, *Rebecca Miller*
P2520. Nord et Sud, *Elizabeth Gaskell*
P2521. Une mélancolie arabe, *Abdellah Taïa*
P2522. 200 dessins sur la France et les Français
The New Yorker
P2523. Les Visages, *Jesse Kellerman*
P2524. Dexter dans de beaux draps, *Jeff Lindsay*
P2525. Le Cantique des innocents, *Donna Leon*
P2526. Manta Corridor, *Dominique Sylvain*
P2527. Les Sœurs, *Robert Littell*
P2528. Profileuse – Une femme sur la trace des serial killers,
Stéphane Bourgoin
P2529. Venise sur les traces de Brunetti – 12 promenades au fil des romans de Donna Leon, *Toni Sepeda*
P2530. Les Brumes du passé, *Leonardo Padura*
P2531. Les Mers du Sud, *Manuel Vázquez Montalbán*
P2532. Funestes carambolages, *Håkan Nesser*
P2533. La Faute à pas de chance, *Lee Child*
P2534. Padana City, *Massimo Carlotto, Marco Videtta*
P2535. Mexico, quartier Sud, *Guillermo Arriaga*
P2536. Petits Crimes italiens
Ammaniti, Camilleri, Carlotto, Dazieri, De Cataldo, de Silva, Faletti, Fois, Lucarelli, Manzini

P2537. La guerre des banlieues n'aura pas lieu
Abd Al Malik
P2538. Paris insolite, *Jean-Paul Clébert*
P2539. Les Ames sœurs, *Valérie Zenatti*
P2540. La Disparition de Paris et sa renaissance en Afrique, *Martin Page*
P2541. Crimes horticoles, *Mélanie Vincelette*
P2542. Livre de chroniques IV, *António Lobo Antunes*
P2543. Mon témoignage devant le monde, *Jan Karski*
P2544. Laitier de nuit, *Andreï Kourkov*
P2545. L'Évasion, *Adam Thirlwell*
P2546. Forteresse de solitude, *Jonathan Lethem*
P2547. Totenauberg, *Elfriede Jelinek*
P2548. Méfions-nous de la nature sauvage
Elfriede Jelinek
P2549. 1974, *Patrick Besson*
P2550. Conte du chat maître zen
(illustrations de Christian Roux), Henri Brunel
P2551. Les Plus Belles Chansons, *Charles Trenet*
P2552. Un monde d'amour, *Elizabeth Bowen*
P2553. Sylvia, *Leonard Michaels*
P2554. Conteurs, menteurs, *Leonard Michaels*
P2555. Beaufort, *Ron Leshem*
P2556. Un mort à Starvation Lake, *Bryan Gruley*
P2557. Cotton Point, *Pete Dexter*
P2558. Viens plus près, *Sara Gran*
P2559. Les Chaussures italiennes, *Henning Mankell*
P2560. Le Château des Pyrénées, *Jostein Gaarder*
P2561. Gangsters, *Klas Östergren*
P2562. Les Enfants de la dernière chance, *Peter Høeg*
P2564. Mémoires d'un antisémite, *Gregor von Rezzori*
P2565. L'Astragale, *Albertine Sarrazin*
P2566. L'Art de péter, *Pierre-Thomas-Nicolas Hurtaut*
P2567. Les Miscellanées du rock
Jean-Éric Perrin, Jérôme Rey, Gilles Verlant
P2568. Les Amants papillons, *Alison Wong*
P2569. Dix mille guitares, *Catherine Clément*
P2570. Les Variations Bradshaw, *Rachel Cusk*
P2571. Bakou, derniers jours, *Olivier Rolin*
P2572. Bouche bée, tout ouïe – ou comment tomber amoureux des langues, *Alex Taylor*
P2573. La grammaire, c'est pas de la tarte !
Olivier Houdart, Sylvie Prioul
P2574. La Bande à Gabin, *Philippe Durant*